谨以此书献给我的祖母

盛宴

郭栋超/著

長江出版傳媒
长江文艺出版社

图书在版编目（CIP）数据

盛宴/郭栋超著.--武汉:长江文艺出版社，2017.6

ISBN 978-7-5354-9565-5

Ⅰ.①盛… Ⅱ.①郭… Ⅲ.①诗集-中国-当代②诗歌评论-中国-当代-文集Ⅳ.①I227②I207.22-53

中国版本图书馆CIP数据核字(2017)第052666号

责任编辑：何性松　　责任校对：陈　琪
装帧设计：焦　伟　　责任印制：邱　莉　胡丽平

出版：长江出版传媒 | 长江文艺出版社
地址：武汉市雄楚大街268号　邮编：430070
发行：长江文艺出版社
电话：027—87679360
http://www.cjlap.com
印刷：河南瑞之光印刷股份有限公司

开本：880毫米×1230毫米　1/32　印张：7.75
版次：2017年6月第1版　2017年6月第1次印刷
行数：5710行

定价：29.00元

目录

第四辑　多棱人生

评论

中原体：新诗的锣鼓

（代序）

郎毛

当我赖在床上读《壮士行》《悲歌行》《丽人行》（以下简称“三行”）时，作者栋超想必又打点好行装，去了所谓的远方。

恰是夏末秋初的季节，空气里多了点繁花落尽的苦涩，多了点七下八上的闷骚……反了常的多雨，南方的一些城市，街道上可以行船了；中原的雨火爆且绵韧，有点悲秋的意思……

这样的天气里，连熙熙攘攘的城市道路也充满了危险，谁能保证危机四伏的城市防洪体系万无一失呢？这样的天气，有人说适合读书，有人说适合画画，我却说适合哭，抽泣的哭，呜咽咽的哭，大放悲声的哭，或许还可以有间歇性鼓点，破锣，戛然而止。

这时候栋超的诗来了，牛！据互联网大数据自动统计，这是近期中诗网蹿跃第一点击阅读量的文本，这可是号称全球最大的汉语诗歌网站，于是有人怀疑是“网络水军”所为，又有不少人站出来为栋超真心点赞并反驳“水军”说。

其实，任你有千只手，也难掩天下汹汹之口，郭栋超之诗孬好，要由诗歌自己说话。

先说《三行》，那真的叫个悲怆，写了一堆汉朝的男人，从张骞、苏武、李广、李陵到太史公，哪一个不是苦大仇深！生就的诚心正念修身齐家治国平天下的英雄范儿，却落个放逐的放逐、贬谪的贬谪、诛九族的诛九族、割蛋的割蛋……他们的英名浸泡着热泪，他们的鲜血见证着天朝的不义。为一代又一代中国人景仰的人，也为后人敲响了警钟。

可是警钟归警钟，大丈夫依然九死不悔。到了南宋一代，出了平寇大英雄岳鹏举，同样是“为天地立心、为生民立命、为往世继绝学、为万世开太平”，忠孝节义数他完美，收复河山一马当先。《悲歌行》不仅仅是岳飞的精神传记，也是中国士人的追魂史。借助贺兰山、戈壁滩的辽远苍凉，诗人俨然法师招魂、痴人说梦。其实岳飞的“踏破贺兰山阙”以及“壮志”“笑谈”云云，除了抒发豪情，并无实际落点。那时南宋鞭指，也就剩下了中原。陆游所谓“王师北定中原日，家祭无忘告乃翁”，那是一种刻骨铭心的中原心结，并非是驰骋塞外、饮马黑河。实际上岳飞戎马生涯打了上百次仗，也只是为了收复故土，可怜他一腔热血，却只是换来了赵家一碗毒杀的药酒。

那么面对游牧民族无坚不摧的马蹄，中原应该怎么办？一种古老的智慧产生了，那就是“和亲”，使死对头成为好亲戚，一家人还会打一家人吗？这也就是农耕民族想得出来，于是《丽人行》有了前世的缘。这时候大男人栋超婉转了九尺柔肠，从王昭君、文成公主到蔡文姬，诗人回望的眼神越过了祁连山、日月山，又越过了漠北高原，那时候的女神，“是西行的魂/是众生的神”“白日仍为娘/夜暮娘成妻/凌辱愧且惊，悲苦有谁知”（郭栋超《公主西行》《昭君出塞》总题记）。

壮士悲魂附体，丽人墓影翻飞，“百年一世，千年过去/穿过日夜，回到往昔/回到神坛之上/只为看你/昭君　公主　文姬”（《时人问古》）。栋超通过《悲歌行》《壮士行》《丽人行》拷问了金戈铁马风花雪月的中国历史，释放了一个压抑而昂扬的自我，接下来，又要鞭指何方呢？

西行的火车，爬过黄河/大雁塔，古城墙，晃动着/远了，远了/阳关，羌笛无音//麦积山佛像，裸露千年/骡马古道，黄土高坡，滚石戈壁/荒草，胡杨，沙漠上倔强着枯干//水管的水流，甘甜，甘甜/甘甜如平原上的颍水/是否清晰了千年//……在家，提起锄头/就是干不完的活，从初春到冬日/桥下，风吹着，晾着/偌大的城呀！让我干活吧/俺是闲不住的人呀/一天不流汗，心慌，憋屈

这是郭栋超笔下中国农民工或中原农民工的出奔以及漂泊之旅，标题为《盛宴》，副题是“中国农民工——大写的人”，为什么农民工就一定是“大写的人”呢？这几乎是一个民粹主义的命题，底层是高尚和正义的，上流社会却充满了虚伪、矫情甚至邪恶，这是苏俄革命以来一种流行的意识形态，但郭栋超诗

中呈现的并非观念化的民粹主义，而是中国农民在城市化进程中，摆脱身份的束缚，在自由与宿命的张力中沉浮不定的悲壮人生。

阿尔泰山，昆仑山，天山/塔里木河，伊犁河旁//楼一层层高了/高了，一层层/额尔齐斯河中的倒影/霓虹灯的光弥满河床//郊外，树干支起的房屋/母亲，望着疲惫着的丈夫、儿子/土豆香味骤起，烫红的手甩着/菜香流满石桌/顺着雪山的沟坡/钻过门缝，穿过田野吹着、吹着/娘呀！风吹着，楼高了/儿长大了，一年又一年

无论怎样，栋超的农民工系列依然号叫着大槐树下走平原的粗犷旋律，被命运裹挟着的世代家族、闯天下的疯子，镌刻着承袭自己又改变自己的顽强意念。个体的惨痛经验、社群古老的集体无意识，被戏剧性的粒子一一冲撞，能量于是产生。在河南，有一个很动感的词语叫“弹挣”，含义就是不甘心、不屈服，戴着镣铐长跑。在河南，有一个全国知名的地方戏曲群，叫“豫剧”“曲剧”“越调”“二夹弦”，那里面埋藏的撕心裂肺的痛使我想起栋超的诗。可以说，在中原农民粗粝朴实的外表下面，埋伏着族群生生不息的神秘遗传。栋超曾经当过信访局长，他写的《我的访民大妈走了》极尽哀苦，对于那些供台上“贪吃的蚂蚁”又极尽恼怒与无奈，诗而已，却被出版社屡屡枪毙。如今，《三行》来了，《盛宴》来了，新生代陈维

建也来了，他写的诗，直指当下，痛击时弊，为越来越广泛的读者激赏。

是的，这正是河南新诗的锣鼓，一反当代诗坛上嬉皮笑脸、无所事事的颓靡风气，更与那些腐朽而装逼的文人划清界限。他直接就恢复了“文章合为时而著，歌诗合为事而作”的古老传统，以洪荒之力嘶吼歌哭，跌宕起伏间，与栋超井喷式的诗写合流，呈现本真，澎湃激情，一种血性的中原体诗歌已然问世。

第一辑　大写的人

盛宴

农民工，特殊的称呼，大写的人。

——题记

第一章 出走

西行的火车，爬过黄河
大雁塔，古城墙，晃动着
远了，远了
阳关，羌笛无音

麦积山佛像
裸露千年
骡马古道
黄土高坡
滚石戈壁
荒草，胡杨
沙漠上倔强着枯干
水管的水流
甘甜，甘甜
如平原上的颍水
清晰了千年

天水，衣冠冢
沉默着李广

月牙泉叮咚响着
葡萄美酒夜光杯
盏盏醉倒征战的壮士
吐鲁番的热浪，翻卷着
翻卷着，大漠孤烟
黄土的瓦屋，近了
近了，圆顶的帐篷

在家，提起锄头
就是干不完的活儿
从初春到冬日
桥下，风吹着，凉着
偌大的城呀！让我干活吧
俺是闲不住的人呀
一天不流汗，心慌，憋屈

儿呀！别怪风沙弄迷了你的眼
娘在脚手架下的窝棚里
炒着萝卜菜哩
别闻，别闻，顺着街道
飘逸的腥膻，肉香四溢
儿呀，这是百米的脚手架呀
不是田上的麦堆
也不是咱家的柴垛
柴垛旁，西瓜溜圆

哈蜜瓜车，香甜着走了
红萝卜，片片鲜红
坎儿井水，浸泡着水泥裹着的手
刺骨，娘的泪，滴着
一块块，一点点，暖热

阿尔泰山，昆仑山，天山
塔里木河，伊犁河旁
楼一层层高了
额尔齐斯河中的倒影
霓虹灯光弥满河床

郊外，树干支起房屋
母亲，望着疲惫着的丈夫、儿子
土豆香味骤起
烫红的手甩着
菜香流满石桌
顺着雪山的沟坡
钻过门缝，穿过田野吹着
娘呀！风吹着，楼高了
儿长大了，一年又一年

北来的风，裹着雪粒
抽打通红的面颊
绿草衰败，白了九月
胡杨，弯曲又伸直

野马，草原，恣意奔跑
羊群，转场，年复一年
古道，山鹰，扇动云霞
棉田，铺展，直达山崖
娘呀，歇歇吧
堆积的棉垛，落满了雪花
歇歇吧！娘
丝绸之路，会有一天
丝绸会堆上您的床头

儿子一天天高了
工头发钱了
入乡随俗，羊肉
从没入过口的辣水
就着洋葱，青稞酒
您的儿呀，醉了
娘呀，儿不心疼钱了
哈达，年夜儿为您戴上
娘，别再偷偷抹泪了
别再提，奶奶的星月
儿子，一天天高了
祖母，又一个春节到了

诗外音：瘸马

所有的牲灵
都躲在了阴凉处
古铜色，堆满队长褶皱的脸
瘸马，蹒跚在长满杂草的土渠
羞答答地走着，走着
添丁进口了
马比人重要的日子
一片桐叶遮不住的社员
张望，张望

瘸马，一匹母瘸马
神样的，走进牲口院
草香，豆香
弥漫，弥漫

瘸马，老牛
大叔从不舍得落下鞭梢
犁头，吃力地晃动
比人拉时深了
虚腾腾的地
长庄稼了
白云，拂过麦田
也拂过麦场

躺在麦子上，星星格外亮
牲口院，飘来烙馍香

风吹雪化，滴答滴答
过了年节
就是麦苗泛青的初春
遍地虫声，和鸣

奶奶端出儿孙的口粮
生孩子的马
是娘，也得贴补
喂马的大叔，磕了个长头
一院山响

老了，老了
拉了一辈子犁的瘸马老了
老了的瘸马
一头栽倒在北寺沟里

队长抽着旱烟
宰猪的长刀
没有剥过马皮
屠夫的双眼
露着独有的凶光
谁也别想吃我老姐妹一口肉
一掌，抽掉了长孙的口水

小马呀，别哭了，
奶奶活一天
都有你的草料

所有的孩儿加上
抵不上你的力大
权当多了一个孙子
多了一个孙子
老姐妹，走吧，走吧
来生，别再蜕生成牲口
我出嫁时的头巾蒙上你的眼睛
别再看你的儿孙
走吧，走吧！留个念想

十几个壮劳力一步一顿首
队长点着的纸钱
燃着，葬礼比前天走的老光棍
还肃穆，还庄严

北寺沟的庙后
多了一座坟茔
何时，长了一棵柿树
柿子，格外顶饥
霜打过，格外光鲜

第二章　谋生

梦绝之处，鹏城黄沙
红树林，招摇着
湿透的男女，飞溅着浪花
地球上的靓景，微缩成公园

姐姐，这不是村口的石桥
也不是奶奶的茅舍
奶奶的茅舍有黄澄澄的玉米
沉甸甸在土坯墙上
从秋挂到夏

没有雨淋着，没有风刮着
可容下一村人的厂房

你挨着我，我挤着她
太阳，好像落了
家里太阳落时，漫山晚霞
这西沉的太阳
在哪儿呢？姐姐
灯亮了，一盏一盏
不是河水上的星星
这亮了的灯光，刺眼
咔嚓，咔嚓

机器声响着
响着，天将要亮了

姐，今天下班早
进城了，咱仍是乡下人
碎纸，酒瓶，破衣
遍地都是钱呀
海风，吹着杂物
追着，拾着，背着
堆满棚屋

夕阳无光，华灯初上
棕榈，绿了
橡叶，青了
软软的是沙滩
凉凉的是海水
一捆一捆，如捆扎的麦子
城里，也有收成
一毛一分，慢慢包起
家里，会多一块砖头
一个瓦片

娘，闺女让您搬进新居
新居，电扇转动
您不必再用芭蕉扇了
娘，我是对着城管笑了笑

可您的闺女不贱
他是城管，也是庄稼人
我断定，他是庄稼人
吆喝里，藏着乡下人的善意

妹妹，那微缩的景观
民俗，是民俗不是村
平原上，舒展的村庄
从古至今不曾微缩
摸一摸橡树，碰一碰木棉
荔枝，传说中的荔枝
一个个红了
老人，深邃，慈祥
满眼透着期望
妹妹，躺下和衣而眠
如土渠旁柿树下一般阴凉

海水，委屈着退去
红树林一片片没了
高楼林立，一幢一幢
疯了的城市，城市疯长
姐姐，别在校门口转悠了
孩子们都走完了
别再张望了
这不是家呀
土墙围着的教室

你儿读书的声音
甜着咱娘
颤巍巍牵着的
是你的儿，还有你闺女
妹子呀，你姐欠他（她）们一个拥抱
一碗热汤，仅是一碗热汤呀

别在球场上找了
音哑了，无人应
合欢树，浓荫
回宿舍吧，姐姐
只是那不是个真家
翻遍所有的衣兜
寄回所有的钱
姐姐泪水汪汪

儿呀！你是否记起过娘亲
娘亲，梦里牵着你的手
爬上山峦
山顶野花芬芳
笑醒又拭泪
惹得阿姨们也抽抽答答
耸着肩，湿了衣衫

诗外音：家猫

古埃及，你是巴斯泰托
驯良而又好战的东方夫人
勇猛而不失高雅
何年，到了中央之国
院内院外，独霸天下
舅爷家的猫咪，产了三只
妗奶说，真喂不活了
孙儿们不愿让它分食不多的口粮
小猫来了，不再是高傲的公主
墙壁梁上，床下厨屋
抖动鬓毛，捍卫粮囤
十三岁时，从未离开过家的老猫
眼巴巴地看着奶奶
奶奶夺过孙女嘴边的肉片
老猫吃力地咀咽
这最后的晚餐

第三章　闯关

过了长城
便是沙漠，草原
大哥，我落脚在了佳木斯
山，起伏着

三江，奔涌着
树，绵延着
翠绿，翠绿
翠绿着的是宝岛
魂牵梦绕
黑瞎子，咱的东极

黑水都督府，嘉木寺屯
流油的黑土
平展展的
大豆、稻谷、玉米
咱家的地，席片般大小
这舒展的粮田
白山黑水
鱼儿，禾苗间游移

雪原，沼泽，冻土
拓荒的火，燃烧
有名或无名的人
倒卧着，匍匐着，僵硬着
雷电风霜
生命辉煌又逝去
浮雕无言，拓荒史诗

大哥，我不是拓荒人
咱是中原来的汉子

这圆滚滚的黄豆
运回去，豆浆四溢
哥，我是生意人了
别怪弟丢了祖辈种田的手艺

东极的风吹着哆嗦
冻住了一声声吆喝
冰块般的豆腐
坚硬，甩不碎的石块
火苗，蹿起
掌勺的手，不是锄头
烩面，越拉越长
豆腐越炖越香
三江的鱼和着面味
大哥，饭店开张了
老实巴交的农民
异乡人叫我老板
哥哥，我是老板么
员工，是你弟妹
东北人叫婆娘

中原人，实诚
农民经营的生意
只求薄利
咱爷补锅的扁担还存在梁上吗
他在祖母家的干店

转了几遍
咱奶每每谈起
老了依然含羞
补锅，也是生意
哥，我应该传承爷的基因
活命的营生
该叫生意

哥，我是农民工
可我也是老板了
只是，老板切菜的大刀啪啪作响
案板晃动
雪花扑不进的炕屋
溢满菜香
哥哥，我是老板
叫我一声老板吧
咱祖祖辈辈都没出过生意人
嫂子，喊我一老板
这么远，别管我听不听得见

老板，就要有老板的样子
放心，颍水边来的孩子
我没欠过他们的工钱
年节的高粱酒
热得人人脸红心跳
只是，南村的后生

冷不丁亲了西街姑娘一口
我没看见
我假装没看见

江风顺着江道吹来
六七月的不像中原
阴凉中透着思乡的惆怅
万人舞蹈
月明星稀，江平浪静
对岸，异国格外冷清
松香，缓缓袭来
大哥，咱家的玉米是否高了
豆子，是否日渐饱满
我儿该上学了
虽说是隔辈亲
也别让咱娘老是惯他
他是否还时不时偷吃奶奶的鲜桃
只是你弟妹
昨晚又哭醒了
说是想她孩了
说是梦见咱奶了

大哥，老祖宗是不是神清气爽
那几只鸡该卖就卖了吧
别让她老是惦记
天亮了，老板也得早起

早起，菜才光鲜
这北国的阳光
清晨也分外刺眼

诗外音：犟驴

老牛枯瘦着
一天天老了
瘸马走了
飘着雪花的黄昏
这拉着的犁
沉着，沉着
沉着沉着，花就开了
风吹去了雪粒
麦苗返绿
挣不断的绳索
拽不倒的树
打个滚，抖落一身倦意
蒙上眼睛吧！咱是驴呀
不看地，不看天
走呀走呀！夜夜走着圈圈

磨盘滚动，豆汁流淌
大叔别拽麦苗喂我了
那是来年的收成
也是娃们的口粮

就多喝一口浆水吧
队长又多添了几碗浆渣
豆腐渣垫饥，顶饿
可也让我心疼得慌

叔，别拿鞭子甩了
几十里的山坡，村道
天滑地湿
不也走了几十年
第一天进村
你只瞅了我一眼
小犟驴不入你的法眼
可每次看到巧匠王的高头大马
咱也会耸动毛鬃

队长、大叔商量了一晚
说是怕累着这个小伙
大叔，豆腐卖完咱搞个副业，
三里长的连坡岭
走，翻过山坡
数百辆煤车
走不完的路
帮人拉坡坡
拉到的虽是毛毛分分
也是咱队儿孙的学费
婶子们少点歉疚的眼神

瘸马吐雾扬沙，踏地生威
伤感的古词也是西风瘦马
神童抑或仙童
倒骑的是肃穆高大的老牛
老牛枯瘦着
一天天老了
瘸马走了
飘着雪花的黄昏

队长托着下巴
沉思，似远古的谋士
烟味儿，熏走了山雀
末了，牵着瘸马的三儿
晃动着，晃动着
不情愿地出了寨门
雾水还没落尽
榆叶上滚着水珠
我和老牛是队长
用体壮的三儿换回的
驮了半辈子瓷土
没见那是什么
一地金黄
小伙，五大三粗
　　　套上扎脖
下力，俺不怕

走山路的驴呀
麦场上转着圈圈
桐花迎春就开了
犟驴，要有犟的神韵

大叔的腰里鼓囊囊的
上头说是个啥尾巴
大叔哪有尾巴呀
一前一后，满街游斗
大叔戴着纸糊的高帽
我披的是写着黑字的报纸
咱不就个犟驴么
别批了，一个驴不嫌那丑

谁家老奶奶，趁人不留神
塞我一嘴嫩豌豆
老了，老了，独念着
何时如豆的油灯灭了
灭了的灯再不会灯火如豆

第四章　风景

风，吹动身下的报纸
我柔软的床垫
背倚墙壁
想着若有似无的心事

眼神微睨
招呼叼着烟卷的同伴
敞开的上衣
沾满粉尘

那个姑娘，目光散淡
嬉戏的少男少女
打闹着登上楼梯
姑娘呀，前天你好似房屋的主人
抹上角落里最后一片水泥
脸颊，贴上描了两年的作品
作品，耸立入云
咣当，拉上门的一刻
满脸决绝，刚毅

起风了，下雨了
散发零乱而洒脱
蹲着，
几瓶啤酒，花生米
清爽又惬意
行人的脚步匆忙急促

满街灯光，闪着
亮着角角落落
光彩枝枝条条
是灯光，也是符号

别样的意蕴，雨水般
流着，丝丝缕缕
这是别人的城市
身处其中
城市的姿态
异样，陌生
隔膜，疏离

娘，儿想家了
工棚旧了，楼起了
崭新的百元大钞
包裹里，夹了两张
儿有钱了，您和俺爹
可要添件新衣

一年了，干了一年
你多少得给点钱呀
家里，眼巴巴的是老婆、孩子
老板跑了，我对不起兄弟
给乡邻磕个头，走，上访去
咱是庄稼人
啥时告过状呀
走，不能白干，上访去

小时，我也是干活人
年三十了，我真没法了

民政局一人救济二百
当个路费
骂我吧，骂我吧
你们不骂我
我也骂我自己
我这个局长
是信访局长
你说得对，无心无肺
走吧，别搭理他了
节后，还来找你
走吧，局长
你别光掉泪了
除夕了，鞭炮炸响
节后，又一个花草繁盛的春日

初二，老姑父来了
姑父，今年我备着烟哩
一人一盒
天冷，你姑父也老了
前几年打工
落下了病根
别往脖子里塞雪蛋呀
老姑姑求侄儿们啦

打打闹闹，节就完了
不跟你进城干活了

走，南水北调工程招人哩
走，走，走！田野咱熟悉
走，走，走！上工地

嘭嗵，塌方了
刺猬，刺猬，刺猬哩
软软的，挖出，抬走
刺猬哥，兄弟们对不起你呀
人死了，生分过的兄弟都来了
争钱，要钱
兄弟们比你活着时亲多了
再多的钱
你也不会花了
兄弟们拿着钱走了
那点纸钱，刺猬哥
你凑合着用吧
我的玩伴
打了一辈子光棍的童年兄弟
老哥哥，值了
一渠清水流过你的坟头
不再凛冽的是活命的土地

诗外音：候鸟

冰川缓缓交替
生存，繁殖，迁徙

故土难离，难离故土
结群或独行
风吹着，雨打着，雷击着
迁徙，迁徙
年复一年，日复一日

颠倒着昼夜节律
不管春花与秋日
幼雏，呱呱坠地，嗷嗷待哺
爹妈忘了明、忘了夜
纵着横着
天空划过鸣叫的“一”字
越冬地，繁殖地
海，山脉，阻隔
雁鸭，涉禽，欧林鸟
从南飞到北
迁徙，迁徙
从北飞到南
夕阳遮着的天幕
片片点点
循着万年的鸟道
高高低低

第五章　天问

是城，灯照着

光亮穿角落
日出而作
月升不息
挣钱的营生
忙里绝不偷闲
不想故土那条条枝枝

夏，天是蒸笼
冬，地是冰窟
天热地冻
务工的人，苦而无恨

一个工棚又一个工棚
一个城又一个城
走着，干着
是乡邻又不是乡邻
一天天，咋就成了亲弟兄

发钱了，工钱
吃着，喝着，醉着
不知不觉
泪湿了衣襟
你是谁？谁是你
哪是咱的家
何处是咱的根

妻子，洗脚店，笑吟吟
啥都是活儿，是营生
店铺前驻足
不进洗脚的门
婆娘呀，我不问，我不问
别慌着做饭
放心吧，儿女前，不吱一声
你别问，别问
要问，就不再虔诚
锤打沉默的太阳
天宫里，管它住的是不是天神

桥下，潮湿着
歌声悲怆
掉下的泪
为你，又岂是为你
旭日阳刚，褶皱的脸
不读你的荒凉
夕阳，流红
歌声悲怆
舞台，梦幻
等等，别离初心越飘越远

年少，渴求的大衣
辉煌的军装
一人唤你：大衣哥

那大衣呢
咱是种田人，雪飘风吹
那黄大衣呢
你是谁，再不是梁山好汉
娘亲，娘亲，庄田，庄田

晚霞映照天边
黄昏袅绕炊烟
又是一夏舞翩跹
阳光系着牵挂
忘了大衣，也忘了歌的悲怆
忘了，忘了，老祖宗
儿孙只听你的过往
说着，说着，睡吧
太爷爷，清晰着
高大，威严

诗外音：骡子

野合，生下了我们
被称为驴骡、马骡
人呀，非马非驴
我们是谁呀
似驴的身，鸣驴的音

马有缰绳之灾

咱是铁打的人
灵敏，坚忍，耐重
最是那一晚山崩地裂
江河翻动
马那老哥哥病了
独自拉着石沙
溃堤了，队长急了
大叔的鞭痕
临老鞭痕深深
俺不怨
用儿孙口粮喂我的老奶奶
咱还是个知恩的畜生

干活的性，纸样的命
再灵性咱也不能成为驾辕的马
空有一身力气
卑贱着杂交的根

祖宗，也曾是驮过不知哪朝哪代
哪个大写的男人
威严严，万人敌
乱箭射身，一跃数丈
祖宗救过坐江山人的命
族史上不写，不记
家训：只言过，不言功

只是，暗夜，孤灯
独影，自问
我是哪个族的魂
不能传宗，不能接代
认了，祖宗认了
祖宗呀，我也认了
放心，我不会把一身蛮力
一腔热血带入孤单单的坟

第六章　身份

孩子
你父亲小时在学校门口
也抹过泪
那是你爷，手再哆嗦
也拿不出学费
玉米地，六七月，热
可它藏着换钱的果树
你再闹
我也办不来那个证呀
你甭光哭呀
收拾，收拾，回家读书
啥个季节撒啥个种
哪里的虫豸吃哪的虫

咱是庄稼人，咱交过公粮

咱扣出嘴里的口粮接济过城里的人
半碗饭的情
能记你一辈子恩
身份，身份，身份
别说那是一张薄薄的证
它代表你是野地的牲口或是人敬的龙种

牵上城里草喂大的羊
走！走！走
再不听城管的吆喝
再不受城里孩的嘲戏
羊儿，走，走，走
抠一点泥土放嘴里
家乡的味道甜丝丝着舌尖
立春了，天还是冷
老祖宗，雕塑般桥头等着
北风呼啸
残雪扑棱棱在车道上滚
滚着，滚着
手就摸着了门头
摸着了门头
就该跳那个龙门

该放榜了
深夜里有考生的院子
家家亮着灯

虽然离家远了点
毕竟是一本
老天开眼
再高兴也不敢惊醒老祖宗
院里站着，呵呵笑着
告诉我吧，高中了！你个龟孙

重孙儿呀，记着
把控自己的是身上的腿，脚底的心
天明，去北院看看那个闺女吧
女孩家的，再惦记
话也不出音
妈不让早恋
问问她
偷偷给你爸送山花时有多大
站着说话不腰疼
年老了，最待见的是新人
月咋不落呢
天咋不亮呢
几步远的路进不了的门
她家的狗早就熟悉了
不叫，摇尾，兴奋
她娘亲热
她爹黑森森个人
哈哈，身份，身份
老祖宗，我记着了

把控自己的
是身上的腿
脚底的心

诗外音：蚂蚁

伸缩颚部，搬运泥沙
一点一点，筑起蚁穴
宽广着，地下皇宫
雨浸过，雪埋过，脚踏过
塌了，陷了
苦难中等着来春

延续后代
王子失了生命
女王脱掉翅膀
不再飞翔
骄傲的女王
孤单成遗孀
一口一口喂大着儿女
一生一世
没有伸直过身

苦难，凝成一个整体
巢深了，小宝宝的育婴室
口粮贮满库房

胸肌腹肌脚肌
伸展扛起
超过自身400倍的食物
漫步河水之堤
蚂蚁弓起黑色的背脊

江面茫然
没有一只鸟儿飞翔
水连天，河水暴涨
溢出的水，蚂蚁生存着
抑或被河水吞没
江河奔流，亘涌千世
蚂蚁也是一生
小人物，也是大时代
一个个的影子

第七章　庄园

这是家吗？自从六个月抱走
三年回了一次家
大槐树枝茂
不知多少年的泉眼涌着浪花
是家又不是家
旧屋，土院，寨沟呢

汪汪，汪汪

祖宗太后般地走了
我是小黑呀
叫着，声似有实无
老祖宗回头，这是小黑吗
小黑，苦着孙呀！人呢
就你一只狗回来啦
知道了，知道了
想必遇到难处啦
拐棍杵地，大儿喏喏
明儿，让您孙子找去
找到了，问他们个人话

磨豆腐的叔婶发了
大姑、三姑发了
二儿子，西装革履如绅士出入酒店
只是时不时坐在店外的石级上
皱巴了西裤
烟灰，弹着，弹着
如弹进自家的沟渠
可每次回来
大伯总是怯怯地跟着
跟着，听着
听着，跟着
心就野了，大了
庄园，庄园
春节谁给的钱不再不接了

数年后分红
哼哼！不让你们施舍

老祖宗，嘟囔着
地不是地了
村不是村了
庄稼人摆弄个啥
不动的是院宅
连着的是庄园
我不比太后、贾母强多了
她们有空调、软床吗？
那个叫啥妃的，吃个荔枝
就冲着男人媚笑，丢人不

儿呀，你娘也有不如人的呀
大观园的老太
孙儿、娇女缠腿
今年年节时，全家回来
谁也甭想拦我
老了，也要喝个烂醉
狗儿，汪，汪，汪！
马驹耸着耳朵
长舌，老祖宗的手上舔着
舔着、舔着
天暗了，老祖宗瞌睡了
雪飘着，年近了，近了

雪粒滚动，柔风频催

草地，风车，木屋，
长廊，小桥，湖面
山石，河石
铺展着，遥远
迎春，连翘，刺梅
你方开罢它登场

疏影，遮不住水草
花海，红、黄、紫、绿
花样的地，彩飘成画
画挂山峦

山呀！是抱负，也是财富
蝴蝶兰，郁金香
装点咱的农创园
祖传的果树不伐
老祖宗的口味
异域风情
芒果，柠檬，木瓜
阳光太大
开花难结果
环境，环境
习性，习性
人改变着

地改良着

凉了，秸秆
家粪焐堆发热
偶遇寒冬
温室再加一层
两屋之间
隔个细缝
人，树都有个水土不服
难离的故土
好奇的个性

乡下人城里谋生
周末，火龙果花落铺地
火龙里的花，夜里开着
这夜里的花是个啥味道
滑滑的，上桌，入口
脆脆的，爽爽的
成了谋生的营生

房子，奇特
墙体，门檐，天窗
是土味的，土味
才有忆念、追想
二层罗马柱厚重、庄严
异国情调，足不出国

游历江河大洋
乡村味道
缠绕祖辈的故土
晚上篝火，天幕摇红

诗外音：家狗

奶奶宠着我
哥哥抢得我生疼
末了，奶奶剥个鸡蛋
这是咋着啦
又不发烧，又没生病
院外刮起了风

这是哪呀？车飞着，人撞着
爸妈、哥姐，一家人一个屋
尾巴，摇！亲！兴奋
几天手都打我
姐，哥他不是个人

城里的狗真狠，俺不怯生
家狗，有山狗的野性
撕掉块皮，手掌大个疤
几天，好了，咱不娇病

只是那女的

躲着我，捂着嘴
娘，我不乱跑了
我不让人嫌弃
山狗，自有山狗的命

爹，你愁啥哩
娘，你愁啥哩
知了，知了，别办狗证了
花钱多！想我上辈狗
荒年，不争咱家口粮，溺水而亡
老祖宗，念花了眼，说破了嘴
一只山狗不值得
哥，我偷吃了咱娘给爹剩下的馍
明天，别找我
走了，山泉，河溪，星月，江风
走了！走了！山狗走了，该走了
奶奶，早已牵着我的魂

第八章　异域

爸，您离开了家
儿子，踏上驶向异国的客船
浪高风急，没有橹桨
难以登岸
波士顿的码头
晃过几多旅人

三一教堂
哥德复式的古典

天，湛蓝
风，湿凉
幕墙上的影子，摇摆
儿虔诚的
还是北寺沟边的庙宇
菩萨，千手千眼
慈悲，安详

往北
便是狂着的尼亚加拉瀑布
五湖的草地上
一只落单的天鹅
黎明的抚摸
儿不说孤独，荒凉
掏出珍藏包包
是一点泥土
倒进水里
烧滚，喝下
活人难呀
儿飘飘的落脚在马里兰

淘金旧金山
并不是远古

山风中的帐篷
野风吹透
先辈，赤胸露背，
藏几多哀伤
爸，妈：儿落脚在了马里兰

别寄钱了
城里的风也该凉了
勤工俭学
餐厅里跑堂
远处校长的洋房
山坡上神圣操场上
儿像在家盘腿而坐
翻烂的书本
没烂的壮志
阳光般灿烂

月光，草地一片明亮，一片暗淡
咖啡馆只是路过
儿不多看一眼
老祖宗常说
太爷迷信
后辈多出读书人
积德行善
坟地，人家的地边埂
雨中，修了又修

聚气，聚文人之气
不出日头
仍是一脸阳光

对话后，告别
过了子午线了
日月同辉
光亮透进舷窗
老祖宗，一面没见的太爷呀
您的后人回来啦
老祖宗说过
断了你的根
必失你的魂
我离故土越飞越近
离异域越飞越远

诗外音：山雀

毛色，斑杂着
不挑不拣，采食
山谷，丘陵
平地，荒原
栖息洞穴，屋檐
噪声，不求关切
警觉着飞上飞下
青虫，送儿口中

家兴族旺

代代相传的基因
不似家鸽、家鸡让人养着
土里刨食，草里捉虫
夜归家园，林间卧眠
卑微着，叽叽喳喳
戏闹世间，不须谁知
已悲，已欢，恬淡回甘

第九章　盛宴

庄园，老祖宗
烦了，念叨
旧屋，村舍
提着拐棍，戳打长子
数落着，讨要瓦屋土院
大白天，讲着梦话
后院的大婶说
回光返照
说着，说着
老祖宗，满脸红晕
重重孙媳妇
把狗娃、马驹抱来
别流泪，畜生通人性
老姐妹，没福呀

早早地走了
拉了一辈子犁
还不是为了咱队的儿孙
黑狗呀！你跳个啥子河哩
再荒年，也少不了你一块红薯皮
不管咋着
老姐姐得对起你们的家人
山后那几亩地
留着，永是马的吃食
狗儿们，活是咱家的狗
亡是咱家的魂
重孙儿们
拿纸提笔
立个字据
烧在我的坟茔

拿出我的体己钱
该见那个挑了一辈子补锅担子的人了
不准哭
哭，不是郭家的后生
一百多岁了
罪受过，福享了
不许哭
老妖精了
我走了，走了，走了
喜丧，老了好热闹

家伙儿操着
锣鼓伴着的村风

锣鼓响着，送着老祖宗
重侄媳，提着旧马灯
老祖宗，俺太爷等着您哩
脚小，走稳
天黑，亮灯
那缥缈的可是老祖宗的魂
似笑非笑的老祖宗
手摸着马驹狗儿
闭了眼睛

老祖宗，淡定，安详
旧马灯引着
啥道老祖宗都走过
黄泉，黄泉
老祖宗，重重孙吹灭引路的灯
黄泉，黄泉
祖宗，祖宗
不说近，不说远
本无恨本无怨
恨怨心生
本无恨本无怨
后生们记下了
太爷爷威严

老祖宗慈祥

老祖宗成仙了
老祖宗成仙了
要哭就哭吧
院内的是儿孙
院外的是乡邻
雪粒打着孝衣
屋檐凝着冰冷

老祖宗看饭
老祖宗看过饭了
拉桌，开饭
执事拖着颤音
跑来跑去
端盘的儿孙
孝衣拽洒了酒水
酒香充盈
艺人，格外卖力
唢呐吹着泪，吹着笑
舞台上端坐的是佘老太君

圣上，脸面凝重
斥着人，贬着人，杀着人
有谁懂他沉甸甸的皇冠
孤零零的心

朝堂上的威严
下堂后的痛
偌大的皇宫
妃嫔簇拥
依然是寂寞晃荡的影
孤孤单单的身
冷恨中的话
哪一句该是假
哪一道圣旨方可真

老祖宗遗像
慈悲，安详
贡品，满桌都是
马驹含悲，挣脱了缰绳
狗儿守着，不吃不喝
盛宴，盛宴
天下，天下
猪，马，牛，羊
天下，天下
百姓，百姓

诗外音：风影

太阳辐射厚土之上
地热升腾
冷暖，温寒

撞击，来去无踪的是风

城里的风
热切而暴烈
村子的风
浩荡着，万里无痕
城市，放大了的村庄
上数几辈
谁不是乡下人
风吹过城镇乡村
灵动的是人呀
寸步不离的是身后的影
一片一片土地，活着百姓
漫天风影，春和景明！

2016.8.6

第二辑　唤醒历史

壮士行

老当益壮，宁移白首之心；穷且益坚，不坠青云之志。[①]

——王勃《滕王阁序》

一、草原鹰飞

敕勒川，阴山下。天似穹庐，笼盖四野。天苍苍，野茫茫。风吹草低见牛羊。[②]

——北朝民歌

积雪堆满旷野
贝加尔的土地终年不会解冻
东风渐起，鱼跳虾跃
湖上之冰哗哗裂缝

夏日，鸣沙山腾起热浪
阿尔金的桦林
拽不住漫天云朵
秋雨偶尔飘然而至
日月山飘起塬上浮土

深秋的阴山脚下
草低牛见
河套闻过禾香
短暂相聚，驰马而去

分别也许会是永远
思念终是永恒

草绿云际外，山色有却无
风静月纯清，树动极天目
横绝石墙阔，阻我马蹄疾
烈烈征讨旗，殷血浸战衣
朔风动大帐，溪边篝火燃
猎犬噪声急，雪夜雄鹰起
盘旋复盘旋，独越祁连山
虏侵汉家地，撒骨黄河边
归来望征人，能有几人回？
去时春芽露，归时百草枯
绵绵焉支山[③]，始知征战苦

二、剑指漠北

大风起兮云飞扬，安得猛士兮守四方。[④]

——刘邦《大风歌》

擦亮你的铠甲
喂饱你的战马
挥动你的皮鞭
舞起你的大刀
暗夜里火把炙烤着泥土
直奔漠北！
直奔漠北！

直奔漠北！

阿房宫巍峨
骊山北构三百余里
汉宫威严，壮观如昔
马队逶迤，绝尘远去
鸭声软语，透着迷离
文臣诺诺，迟疑婆娑
再不见将士圆睁双目
塞外寒风传着凄凉
漠北黄沙敲打门窗
九尺帷幔
遮不住牛皮上的山峦
孤寂一人，独坐朝堂，称圣道孤
与谁话沧桑
唯愿我驰马扬刀
越山涉水
直达北国
搭弓射箭，
壮哉汉风
威震异邦

攻城！攻城！攻城！
复仇的血沸狂着
大刀砍秃了赤松林
钻着箭雨

尸体堆成山陵

征战的勇士
忘了夜，忘了明
杀声荡地
飘忽着，颤抖着
围栏轰然倒塌
跳跃的马蹄直捣龙城

三、塞外孤魂

冯唐易老，李广难封；屈贾谊于长沙，非无圣主；窜梁鸿于海曲，岂乏明时？[5]

——王勃《滕王阁序》

披坚执锐
头顶雾露
身沐霜雪
老而请缨，霜发飘起如旗
壮心不已，宝刀舞动如飞

想当年，酒仍温而射三虎[6]
驾长车劫杀强虏
飞将[7]在，阴山难越
大青山，率壮士逐水而居
广漠沙，遮天蔽日
戈壁长，箭雨如注

战九日，退强年英名常在
中数箭，血水流不卸征衣
时不济，天不与若之奈何
大丈夫亡疆场古已有之
何须归朝堂冷眼笔吏

凄凉的风将眼睛揉搓
迷离而又浑沌
老迈的征士怨愤着
举起弓形的手臂
刀起刀落
红光闪处
血溅地湿

不羁的放浪
怒圆的双目掠过
龙城、阴山、祁连
是否也掠过巍峨的皇宫
嘶鸣声飘不进赤砖的围墙
白马蹄踩泥土
泣血的萨日朗花
蜷缩着不肯伸展
悲壮着招魂的经幡
野火般燃向辽远
碧空虚阔
不存一丝残梦

将士洒下几滴稀淡的奠酒
刀刃折断延续的根苗
荒凉的墓穴
托给哽噎的枯石乱峰

李陵[8]趁着月亮将升
薄暮的苍冥
颗颗星，都是将士的离魂
一堆堆衰草孤坟
行月不照，漂如陌尘
夜风中长跪招灵
一声声，多想唤他们到醒
搭弓提剑，再战漠北
却无片语回应
唯有大雁呜咽
声声如铁
长风啸起
荒野嘶鸣
刀伤倒下飞将之孙
黎明醒来
迷蒙的清晨
满眼皆是蛮夷之人

四、泣血史记

故述往事思来者，大抵圣贤发愤而所作为也。[9]

——司马迁《报任安书》

张骞[10]西行，走火踏雪
汗血宝马，圣命不辱
黄旗舒展，纵横西域
苏武牧羊，一十九载
冰透肉骨，汉节永固

千里有草千里绿
千里草绿故人稀
地载万物时时有
天道无亲何人知
万顷绿野风中枯
空里流霜不觉去
毛卷古树余桦衰
云朵不落故国雨

李广难封王，少帅逞英气
堂堂圣庭内，撕碎大将衣
麋鹿林间出，圣上悦眉宇
去病搭弓镞，李敢暴亡卒[11]
武帝护爱将，众人不敢语

李陵被俘，深入孤地
兵少将稀，时运不济
割颈洒血，苟延度日
皇家典律，诛我九族
家国难归，身披胡衣
远托异国，昔人所悲
望风怀想，能不依依
朝堂肃穆，百官惶恐
司马一言，龙颜难悦
太史直言，惨遭宫刑
倩娘[12]探监，掩面而泣

太史令呀，默吟着
我因说真话而招不幸
我要苟活着、振作着
秉笔直抒我的胸臆
我说的都有真凭实据
上天呀！它能为我做证
人会有死，也都有生
生生死死，死死生生
还有个泰山之重
　　　鸿毛之轻

今日将生与死、福与祸
陈明在面前
是死亡抑或依据神明

敲打成鼓声
穿越时间的空洞
将遥不可及的过去
与现在连接
让发生过的一切
永恒延伸
让历史成为神圣
让众生感受神圣
苦炼自己
试验自己
救赎自己
弓着残疾的身躯
尽心尽力尽性
捍卫心中的神
记着漠北可怕的旷野
有火蛇、蝎子
干旱无水
有个真实的人
他是李陵
飞将军李广之孙
丢下的是皮囊
掩着的是相思
日日感知着南国的情
夜夜倾听着中原的风

龙门山

鬼劈神凿，千仞壁立
门扇入云，如开似合
太史之居，山川清淑
河中漂着母亲的船
头上顶着父亲的山

文王被拘，演绎周易
孔子周游，修撰《春秋》
屈原放逐，绝唱《离骚》
左丘失明，方有《国语》
孙膑断足，修列兵法
不韦至蜀，《吕览》传世
韩非囚禁，《说难》《孤愤》[13]

天牢外
古柏禁不住秋风
齐腰折断
晨曦艰难
毅然撕破夜幕
透进蚕房

老父呀，儿谨记
生，不能辱门风
死，只要仰大义
一生一死，乃知炎凉
一贫一富，始见交态

一贵一贱，人性方现
儿呀，不能忘
家乡河水中母亲的船
头上要顶起先父的山

本纪、世家、表、书、列传[14]
江河、湖泊、草原、泰山
孤独中透着欢欣
竹简，无音的诗篇
苦丁香狼毒花轻轻怨恨
叹息声苍凉而沉重
悠长悠长的夜雨
滴滴敲打门窗
幽牢般的书房
偌大的风
吹不灭的火苗一闪一闪
刀尖的微响感知我的存在
历史的长河越流越远
碰撞着千古绝唱

五、且歌且行

君不见古战场，雨打风吹，落英缤纷，循环往复。到头来，一片沉寂，人来人往。繁华、憔悴、凋零、萎靡，烟云都随雨打风吹去[15]。

——题记

除夕鞭炮
响在万年的关西
清脆地拖长初一的黎明
雪花预演春天的解冻
隐隐约约
流来古代的水声

我厌了，年
我厌了，节
广漠的异乡
窥探历史的黑洞
顿挫又幽暗
何处有溢出的芬芳

花朵开放的辛酸
羊不知，牛不知
咀嚼中走尽四季
以致它的冰雪、霜雹、风雨
颤动中朵朵不在
牛羊反哺
也没有过滤掉残酷
刹那间痛楚
戈壁难越
失路之人风尘扑面
它乡之客乞求谁悲？

乞求谁惜？

天水
李广的衣冠冢沉默着
古柏低垂，似在追忆
又像讲述一个久远的往事
明净抑或古老
飘落吧
不必凝结成铜绿的苔癣
麦积山石窟
一个个雕刻赤身露体
慈悲着的山风
犹如老母的呼喊
恬美而悠扬
母亲呀！我们是您听话的孩子
过往忘了，远了过往
马蹄远逝
车轮脚步
渐走渐近

古战场沉寂着
压不住树枝的花纹
血浸草根
躯体上疯长起野草
千年后
听不见战马嘶鸣

看不见箭镞齐飞
沃野千里草长莺飞
野花呀
比优美更灿烂
比灿烂更雅致
比雅致更奔放

黎明的光浮沉游荡
饱满又含蓄
谦卑又壮丽
荒原、旷野、树林
一丝一丝
一线一线
若隐若现
繁华灿烂
磅礴着
注射着温暖的
是日日升着的太阳

注释：

①语出唐王勃《滕王阁序》。大意是，年纪老迈而情怀更加豪壮，岂能因白发而改变初心？境遇艰难而意志越发坚定，直凌青云的志向绝不会坠落。

②这是一首北朝民歌。大意是，阴山脚下有敕勒族生活的大草原。敕勒川的天空四面与大地

相连，看起来好像牧民们的毡帐一般。蓝天下的草原翻滚着绿色波澜，风吹草低处，一群群牛羊时隐时现。

③焉支山：祁连山支脉，又叫胭脂山，因山中生长一种花草，其汁液酷似胭脂，山中妇女用来描眉涂唇而得名。主峰百花岭，海拔3978米。公元前121年，汉武帝派年轻将领骠骑将军霍去病率兵西进，过焉支山，击败匈奴，夺得河西地区，打通了中原与西域交往的通道，自此，焉支山成为胜利的象征而载入史册。公元609年，隋炀帝驾幸焉支山，举办“万国博览会”，召会27国使臣，写下了著名长诗《饮马长城窟》，使焉支山成为世界博览会最早的发源地而闻名天下。

④语出汉刘邦《大风歌》。大意是，大风劲吹啊，浮云飞扬，怎样才能得到勇士啊为国家镇守四方！

⑤语出唐王勃《滕王阁序》。冯唐易老：冯唐，西汉朝臣。孝悌闻名，公正无私，经常犯颜直谏，直到90多岁老死，一直都是初级郎官。李广难封：李广是西汉著名将领，一生与匈奴战斗七十余次，常获大胜，致使匈奴闻风丧胆，数年不敢来犯，称之为“飞将军”。然而，却一生坎坷，终身未得封爵。屈贾谊于长沙，非无圣主：贾谊（前200年—前168年），洛阳（今河南洛阳）人，西汉初年著名政论家、文学家。贾谊少有才名，18岁时，以善文为郡人所称。文帝时任博士，迁太中大夫，受大臣周勃、灌婴排挤，谪

为长沙王太傅，故后世亦称贾长沙、贾太傅。三年后被召回长安，为梁怀王太傅。梁怀王坠马而死，贾谊深自歉疚，抑郁而亡，时仅33岁。此句大意是，文采斐然的贾谊遭受委屈，贬于长沙，并不是没有圣明的君主。窜梁鸿于海曲，岂乏明时：梁鸿，字伯鸾，扶风平陵（今陕西咸阳）人。少孤，受业太学，家贫而尚节介。学毕，牧豕上林苑，误遗火延及他舍。鸿悉以豕偿舍主，不足，复为佣以偿。归乡里，势家慕其高节，多欲妻以女，鸿尽谢绝。娶同县孟女光，貌丑而贤，共入霸陵山中，荆钗布裙，以耕织为业，咏诗书弹琴以自娱。因东出关，过京师，作《五噫之歌》。章帝（肃宗）闻而非之，求鸿不得。乃改姓埋名，与妻子居齐、鲁间。终于吴。此句意是，迫使耿介尚节的梁鸿逃匿到齐鲁海滨，难道是缺乏政治昌明的时代吗？

⑥酒仍温而射三虎：借喻《三国演义》中关羽温酒斩华雄，意指骁勇善战，冠绝群才。

⑦飞将：语出《史记·李将军列传》，因李广矫健敏捷、英勇机智，匈奴恐惧，称其为“飞将军”。

⑧李陵（？—前74年），字少卿，陇西成纪（今甘肃天水市秦安县）人。西汉名将李广之孙。初为西汉将领，善骑射，爱士卒，颇得美名。天汉二年（公元前99年）奉汉武帝之命出征匈奴，率五千步兵与八万匈奴战于浚稽山，终因寡不敌众，兵败投降匈奴。之后，汉武帝误听信

李陵替匈奴练兵的讹传，夷灭李陵三族，致使其彻底与汉朝断绝关系。其一生充满国仇家恨的矛盾，他本人也因此引起争议。司马迁修《史记》，为李陵辩解，激怒汉武帝，获罪受宫刑。李陵传奇经历，成为后世诸多文艺作品咏叹的原型。

⑨语出西汉司马迁《报任安书》。大意为，在此记述一些过去的事迹，使将来的人有所感悟，古代的圣贤们大致上也是为抒发愤慨而写作的吧。

⑩张骞（前164年—前114年），字子文，汉中郡城固（今陕西省汉中市城固县）人，汉代杰出的外交家、旅行家、探险家。建元二年（公元前139年），奉汉武帝之命，率一百多人出使西域，打通了汉朝通往西域的道路，即赫赫有名的丝绸之路，汉武帝以军功封其为博望侯。张骞是丝绸之路的开拓者，被誉为“第一个睁开眼睛看世界的中国人”。他将中原文明传播至西域，又从西域诸国引进了汗血马、葡萄、苜蓿、石榴、胡麻等物种到中原，促进了东西方文明的交流。

⑪去病，即霍去病（前140年—前117年），河东平阳（今山西临汾西南）人，西汉名将、军事家，官至大司马骠骑将军，封冠军侯。善骑射，不拘古法。初次征战即率领800骁骑深入敌境数百里，大败匈奴。在两次河西之战中，破匈奴直取祁连。在漠北之战中，霍去病封狼居胥，大捷而归。元狩六年，霍去病病故，年仅24岁。

武帝很悲伤，调遣边境五郡铁甲军，从长安到茂陵排列成阵，给霍去病修的坟墓外形像祈连山，追谥景桓侯。李敢：（？—前118年），西汉将领，飞将军李广之幼子。多次与匈奴作战，屡立战功，由校尉渐升至郎中令，并封关内侯。后因击伤卫青而被霍去病射杀。

⑫倩娘：据民间记载，柳倩娘为司马迁之妻，乃西汉名将李广的外孙女。柳倩娘的父亲柳震庭，也是诗书文人。

⑬语出西汉司马迁《报任安书》，意为，周文王被拘禁而推演了《周易》；孔子受困窘而作《春秋》；屈原被放逐，才写了《离骚》；左丘明失去视力，才有《国语》；孙膑被截去膝盖骨，《兵法》才被撰写出来；吕不韦被贬谪到蜀地，后世才流传着《吕氏春秋》；韩非被囚禁在秦国，写出《说难》《孤愤》。

⑭《史记》的五种体例。本纪，主要写帝王传记；世家,主要是诸侯传记；表，是记录大事的年表；书,主要是记载历代朝章国典；列传，主要是人臣传记，或其余有影响的人物传记。

⑮雨打风吹去：语出南宋辛弃疾《永遇乐·京口北固亭怀古》。大意为，英雄人物如过眼云烟，随着岁月的流逝都已不复存在。

悲歌行

昔有鹦鹉飞集驼山，乃山中大火，鹦鹉遥见，入水濡羽，飞而洒之。天神言，尔虽有志意，何足道哉？对曰：侨居是山，不忍见耳！天神嘉感，即为灭火。[①]

——刘义庆《宣验记》

一、清明盛京[②]

早春二月
壶口的层冰，哗哗解冻
黄河之水
波澜着，直抵龙庭

铁塔[③]处
炊烟袅袅，鸡飞鸟鸣
乡野阡陌，舞着沙尘
提篮挑担，行人簇拥
谈笑着奔向盛京

繁华盛京，春和景明
东都码头，水静如镜
虹桥无柱，宛如飞虹
临水大殿，巍峨庄重
湖水之畔，偎依着青梅竹马

驿站洞开，商贾似云
树掩茅屋，竹林围墙
穿过南来北往的风
瓦肆勾栏，新芽丛丛
景龙[4]揽秀，石花连轩
古院黄瓦，飘逸圣恩
楼高拂云，铺遍树影
景龙湖阔，虾跳鱼腾
蹴鞠[5]场上，尽是达官贵人

宫院深深，洞穿皇宫
青楼歌扬，是谁不怕雪湿地滑
师师[6]娇媚，揽君抱臣
佳人仙貌，情浑似梦
兰房恣意，追欢执手
沉檁喷瑞雾
早朝归去晚回銮
夜夜诉盟言
怎听见，城外马蹄碎
怎知它，遍地狼烟升

二、兵出漠北

荒原，漠北，边远
苦寒之地的花　不是龙种
悲凉地露出嫩蕊

难在枝头招展
风的寒流，悍然躲过
在刚刚告别冬日的山面
独树稀疏　荒蛮中铺展
一朵一朵，开了
开了，一朵一朵
开了，就不怕皮鞭炸响，岩羊奔走
也许会有一天
被野马放肆地嚼碎
仅有半生绚丽
既然绚丽过半生
就不求一世辉煌

世事悲催
灵与肉半缩半出，半放半废
趁着仍是春天，柔光冉冉
酷暑未到，仍驻枝头
怅望着，独自感动，感动自我
感动浑似血液的山水
山缝间涌动
汩汩

风吹干摇
扎着红绸，沙漠中舞蹈
绿叶闪烁，激扬频催
笑弄草莽

目送，征士远去
耳闻，马嘶蹄碎

贺兰山下党项兴[7]
大白国运
东尽黄河，南接萧关
北控大漠，西是玉门
依宋联辽夹缝生

一朝反目成仇
宋刀旌旗阵如云
元昊[8]佯败设奇计
一战而溃十将亡
好水川之畔
主帅北望凉州城，
成吉雄霸起
夏国六战气数尽
贺兰山凹掘帝陵
可怜枯骨扬粉尘

长白山色飘白云
黑山草肥马蹄轻
中原兵出蒙古鞭
辽国城下动刀兵
徽宗端坐朝堂上
焉知唇亡齿更寒

金人马跃黄龙急
涉漠淌水踏草坪
山峦起伏动桦树
草原绵延帐篷立
狗吠，狼嚎，马鸣
干燥的风
单调着云朵
雪藏密林
狼毒花艳倔强着长
鹰群翱翔，欲念泉涌
兵出漠北，跃马汴京

沙漠中，凯旋着车驾
残暴的淫威
肃杀身后的古墙
战栗残阙
敲打着夕阳
云是蓝的
飘着贺兰山的独峰
独峰西斜
歪歪扭扭的树影
衰颓成僵硬的桑椹

故国的园林
簇生病的群菌
一堵堵石墙

挡不住它任性疯狂的延伸
初秋的空气
明透如水
如水的清新
不会飘动公主的云鬓

你是待决的死囚
不管怎样肃穆虔诚
多想涅槃为道
脱不掉的羊皮
逃不出的枯井
空余草原上臣子的悲声
拉长着，弥漫鞋底
难以踏上南归的路径

飘忽脉脉，急促难停
再不是殿堂上悠纡的风铃
一声声敲着
威严，庄重，神圣

三、草迷归路

既然为端王[⑨]，何必为君圣
既已为君圣，何须似端王
臣者扮乞丐，闻听叫卖声
湖石砌御院，苍生泪沾襟

树高百尺余，船斜浪中倾
一日掳走去，笼鸟久浮沉
庙堂宝座在，草迷难回銮
哗哗泉水响，乡音撞不出

目送飞雁起，面南掩面泣
荒漠狼嘶鸣，贪婪食魂灵
再不能，带着悲苦的愁容
款款进宫门
冰雪抓脸颊，条条发丝断
草地上，血水草上流，拖出斑斑痕
可怜宦家后，委身做娼女
霞冠玉佩者，绝不苟活生
羞杀七尺男，尊者帝王身

世事轮回，后主春半
离恨如草，帘外雨潺潺
尚能触目
雕栏玉砌，只是朱颜改
徽钦二帝，荒蛮异域
何处可倚栏

雪埋离恨，斜阳流光
桦林断肠处
两朝亡国人
词动江河，画连山峦

无才复神州
一个是：点愁似流水，鸩亡黄河边
一个是：乱马踏身死，皇陵无枯骨

铁树凝雪，枝体碎落
树与树争相靠拢
相望着，面僵硬，凝双目
蜜蜂难与花共舞

羊羔身素衣，儿追娘亲舔母乳
冰封雪不化
篝火娘难燃
背篓空空青草无
虽有慈母心
难让儿果腹

儿呀！娘的体热暖你
北国里，清醒着，不能长成雕塑
夜的暗里
娘讲黄河边夏的传说

颤抖着，别再迷糊
头羊懦弱着
被乱石淹没，蹄烂身破
别指望，它领着穿越艾依之河

坡高途远，风吹草枯
记着娘的乡音
会有一条小道
崎岖着，蜿蜒着
会是沟深林密
会有野狼出没
别害怕，儿呀！
别害怕，会有一条回家的路

寻找着，别回头看我
娘老了身躯枯槁
儿呀！趁着犬吠未起
走吧走吧，别回头
快快走上回家的路
家乡澎湃着大豆玉米
地翠水绿，遍野是稻谷

四、雾锁秦淮

搜山捡海，一国之君
杭州，越州，台州
海上泛舟
石壁何罪，热水烫身
天高海阔
岂能风息浪静

沧溟间
万点火珠，荧荧出没
海上君王
别有一番滋味聚心头

雾锁秦淮，画里水乡
水动映影，风送艳歌
金陵城内，秦淮河中
金波流转

岸边，白露上苍苔
雾绕翠竹，黑云凝暮
只想鸟雀呼晴
久作偏安客
谁思汴水惊秋

软软吴语
商女歌凝咽
桐花开处
武将鼠胆，文官贼目
休道商女不知亡国恨
谁懂歌者凄凄拂琴弦
悲秋苦击筑

是谁渴盼夜深玉露
梦进烟柳处

香熏宝暖，调笙低唱
不知思故国，只知与人舞
千金买一笑，扶得醉者回
何人挥刀向北风
万里中原
狼烟衰草有中无

五、弓满弦惊

海底跨枯桑，海上掀浊浪
陷落处，凄风苦雨
阴影蜿蜒，摇落花万树
头低垂，牛羊膻，山河碎
难挡悲怆驻

遥岑远目，献愁供恨
阑干拍遍，山破河碎
不敢求田问舍
匹马登汴梁

醉里挑灯看剑
稼轩昂昂
遭贬着，断鸿声里
凝望长安，弓满弦惊
多想刹那间
刺破夜的暗

殷勤织网
可怜无数山
千峰云起，挥刀舞剑
愁味识尽
耿耿忠心何须表
的卢[10]飞快

手刃内贼强虏
不说廉颇老

中兴四将，志节沉毅
岳飞万人敌
勇而谋，精忠心，谁人识
己死子亡，岂因秦桧
跪着的是铁人

高宗呀！你是帝君
隐忍着，欲说还休
欲说还休
隐忍着，欲说还休
欲说还休着
往事千古，千古往事
不言千古怨，心中苦
欲说还休
你何时暴风卷旗

又怎可尊你一声帝君
终日里，是谁在天涯
芳草迷归路

名将，黄泉下，空悲切
再难以壮志饥餐胡虏肉
笑谈渴饮匈奴血
悲！悲！悲！
切！切！切！
脉脉此情向谁诉

六、家祭相告

本以为：父亡子在虏敌兵
怎奈何：父逝子去屈黄泉
荒芜坟上青草出
南国壮魂绮丽飞
家祭相告是后人

残阳背后，黑与白
月亮影下，明和暗
栖霞山，孤坟荒芜，新草出
品苦酒，君前隐忍着
无捶胸，难顿足
山风紧，拍门窗，万般悲愤
拍不碎，殿堂上

不曾片语露

先人呀！
人孤独，逝者伤
有来世，孤单着，山中仙

血水冷，征衣寒
逍遥树，近咫尺
树逍遥，人皆苦
难走归家路

供桌前，哀相告
山河碎，黑暗天，魂走远
有来世，活悠然

九州列
谁悠然
国殇家仇在
绝不悠然活

篝火燃
岳军[11]雄
沙场秋点兵
驾长车
踏向贺兰山阙

梦里家园
无限江山
七月，中原滚动麦浪
颗颗金黄，粒粒饱满

七、绿肥红瘦

你曾是娇憨的水样少女
烂漫着，不知何时是秋
薄汗湿衣，露沾花朵
金钗划破罗袜
蓦然回首
俏皮着将青梅轻嗅

风情深有韵，娇羞幽幽
初嫁嫣然笑，琴瑟在御
轻酒茶香，嫩枝春欲放
云鬓斜簪，顾盼流转
心若斑鹿，生怕郎猜透
一日国破家恨
归来堂里，愁绪万缕
香残红藕
最是秦淮雾浓
千种相思
虽有暗香盈袖

瘦了黄花，帘卷西风
易安居士人比黄花瘦

咏着项羽，孤雁飘零
凄清寂寥，吹箫玉楼
雨打玉炉灭
泛起轻舟，载着怨愁
无语泪已流

细雨黄昏，点点滴滴
雁过风急
落木枯叶堆积
即使山色空蒙
几盏淡酒，对天邀月
与谁话凄凉

夜来梦断，雪舞薄衾
离乱时，墨写汴州
杨柳舞成恨
海棠挂满忧

八、伶仃绝唱

绿草晨牧中原地
河冰夜深暗夜渡
北风振漠数十年

胡兵野竖旌旗朔风舞
我赞宋瑞[12]状元郎
庐陵志士独风骨
君怯相卑宋末年
贼虏未灭，鸷鸟不休巢，征马不踟蹰

尸填河道阻水流
沙砾战矣暴枯骨
虽然是，草白霜重胡人地
昂然着，利镞穿心青云志
激奋着，惊沙入面长刀舞
只战得，魂结天沉，头落云暮
鸟无山寂，夜长风淅
鼓衰力尽，剑如注，将军没
中原征士血满窟
魂魄聚，结伍向敌山崩裂
五坡岭上震弦目

父母高堂展儿衣
妻子夜阑倾觞哭
娘亲呀！莫问征儿魂何依
妻子呀！休提你夫存与无
可叹结发梦里祭
父母老迈，悁悁心目

七尺征四夷

出时不思归家路
何时匈奴逃遁还河山
步履蹒跚回故土
相思情，儿女孝，脉脉诉

匈奴侵境无绝日
鞭断刀折马蹄失
风悲日曛伶仃洋
蓄敌劝降睁怒目
人生征战几人回
丹心汗青有千古

乞丐手握乞讨钵
寺庙默念佛家语
松柏森森五更鼓
古角相闻凤阳城[13]
光阴迫，天地动
几多行人威皇庭

又何知
梅山帝死存孤魂
黑土乍响马鞭声
猛回首
始皇曾思万世君
楚人大火举[14]
三百余里阿房宫

都道是
阴阳交替亘古事
仓皇辞庙
一路悲歌行

九、义透烟云

千年枯树
倒下，泽被万棵新木
万棵新木，挂不住烟云飘忽
新木茁壮，根结长城内外
和脉共鸣
即是冬叶凋落
阳春气暖，萌芽日长
盛夏，枝叶扶疏
如盖亭亭，绿绿庇荫
新木摇摇
弱响万千鸣镝
绿草及身
遮挡阵阵飞沙扬腾

呼伦贝尔风吹波动
初春的早晨
牧骑奔驰，骆驼步徐
驼铃摇着古今轻灵的歌声

穿越时空，义透烟云
人呀！潮水般涌动

北风南雨交相融
兵甲卸，锄苗禾，日当午
稻谷堆院落
草绿牛羊壮
牧场鹰飞
千里相见，话丰年
执手相看，语殷殷
长戟在，离恨愁
血腥飘飘风中尽
鸡鸣晨，茅屋舍，圆顶蓬
欢乐一片光景

世代更替
不管是没落抑或崛起
是谁咀华含英
手连着手
荟萃，秀美着山川
耕耘，饱满着土地
我的大中华哟
亘古千年
凝结成贝壳、珍珠

黄河长江轻柔着水纹

黑山白水柔曼着含凝
更大的闪烁，千峰跃动
大理古城，玉龙山胜
沐喜马拉雅之佛风
塔尔寺院，晨钟暮鼓
清晰的梵音
喀什街头，清真寺里
真主至爱无形

阿尔金的白桦
湛蓝的天空
大青山的风烟
温柔地袅袅上升
青海湖水
耀出佛国光华
大千永寂
化作遍地摇红

三江汇合
佳木斯绿海万顷
敦煌
乞求升腾着雷火
照亮丝绸之路上的旅人
托着忘忧草
梦幻的足尖
踩上葱绿的希望

渐行渐远

唐涞水浓，滋润条田
汉沿渠首，中阿宝鼎
夜色里放着光明
北通灵朔贺兰峨
原州黄河襟带东
南连中原风俗淳
六盘山上旗舞风
西去灵甘祁连远
都道是，遥遥沃士无界恋
再回首，何人不起故园情
寺前，月牙之门
纯净灵动
穿越时空，响着驼铃
丝路花语，且歌且行

注释：

①选自南朝宋代刘义庆的寓言故事《宣验记·鹦鹉救火》篇。大意是：很久以前，有一群鹦鹉飞集驼山。远远看见，驼山起了大火。鹦鹉便飞到水边，沾湿羽毛，再飞到驼山高空，洒水救火。天神见之，说，你虽有灭火的志向，可如此之为是杯水车薪，怎能把火扑灭呢？鹦鹉说，我力虽微小，但我们曾在此居住过，不忍看着不救。天神被鹦鹉义举感动，帮它们扑灭了山火。

②盛京：此指北宋都城东京（今河南开封）。

③铁塔：位于今河南省开封市铁塔公园的东半部，始建于公元1049年（北宋皇祐元年），素有“天下第一塔”之称。铁塔高55.88米，八角十三层，因此地曾为开宝寺，又称“开宝寺塔”，又因遍体通彻褐色琉璃砖，浑似铁铸，从元代起民间称其为“铁塔”，在九百多年中，历经了37次地震，18次大风，15次水患，仍巍然屹立。

④景龙：有多义。一为唐中宗李显年号（707年9月—710年6月），一指大龙。又指宋代汴京景龙湖。因宋代潘杨故事，后世俗称“潘杨二湖”。

⑤蹴鞠：“蹴”指用脚蹋、踢的动作，“鞠”系外包皮革、内实米糠的球。指古人蹋、踢皮球的活动，类似今日的足球。

⑥师师：即李师师，北宋末年汴京青楼歌姬，汴京（今河南省开封）人。其事多见于野史、笔记小说。据传，李师师曾深受宋徽宗喜爱，并得到宋朝文人骚客的垂青。

⑦党项：古代北方少数民族之一，属西羌族的一支，故有“党项羌”的称谓。据载，羌族发源于“赐支”或者“析支”，即今青海省东南部一带。汉朝时，羌族大量内迁至河陇及关中。此时的党项族过着不知稼穑、草木记岁的原始游牧部落生活。他们以部落为划分单位，以姓氏作为部落名称，逐渐形成了著名的党项八部，其中以拓跋氏最为强盛。此外还有黑党项、雪山党项等

部落。隋朝时，部分党项羌开始内附，追随中原政权。唐朝时，经过两次内迁，党项逐渐集中到甘肃东部、陕西北部一带，但仍以分散的部落为主。他们与室韦、内迁的土谷浑及汉族杂居相处。经济以畜牧业为主。

⑧元昊：即李元昊（1003年—1048年），西夏开国皇帝。祖籍银州（今陕西榆林米脂县）。李元昊是北魏皇室鲜卑拓跋氏之后，远祖拓跋思恭，唐朝时因功被赐李姓。李元昊继西平王之位后，弃李姓，自称嵬名氏。天授礼法延祚元年（公元1038年），李元昊称帝，建国号大夏（史称西夏），定都兴庆（今宁夏银川），修建宫殿，设立文武两班官员，创造西夏文，并颁布秃发令。先后派遣军队攻占瓜州、沙州（甘肃敦煌）、肃州（今甘肃酒泉、嘉峪关一带）三个战略要地。李元昊建国后，西夏与宋朝的外交关系正式破裂。在此后的三川口之战、好水川之战、麟府丰之战、定川寨之战等四大战役中，西夏歼灭宋军西北精锐数万人。并在河曲之战中击败御驾亲征的辽兴宗，奠定了宋、辽、夏三分天下的格局。天授礼法延祚十一年（公元1048年），李元昊为子宁令哥所弑，谥号武烈皇帝，庙号景宗。

⑨端王：即宋徽宗赵佶（1082年—1135年）。14岁时被封为端王，以端州（今广东肇庆）为封地。元符三年(公元1100年)，哲宗病死，继帝位。宣和七年（公元1125年）金兵南下，传位赵桓（钦宗），自称太上皇。靖康二年（公元1127

年）为金兵所俘，后死于五国城（今黑龙江依兰）。赵佶是北宋时期著名的书法家、画家和鉴赏家。以精工逼真著称，工花鸟，相传用生漆点鸟睛，尤为生动。其书学薛曜，自称“瘦金书”。

⑩的卢：马名。三国时期刘备的坐骑，其奔跑速度飞快，在三国历史中最显眼的一处便是背负刘备跳过阔数丈的檀溪，摆脱了后面的追兵，这一跳奠定了其三国名马的地位，其声名更因辛弃疾词中的“马作的卢飞快，弓如霹雳弦惊”而大为提高。

⑪岳军：指南宋初年由岳飞领导的抗金军队，以牛皋、董先各部义军为主干，后陆续收编杨么等农民军部众，吸收山东两河忠义社梁兴、李宝等，汇成大军。军队纪律严明，训练有素，“冻死不拆屋，饿死不掳掠”，金人有“撼山易，撼岳家军难”之语。

⑫宋瑞：即文天祥（1236年6月—1283年1月），宋末政治家、文学家，爱国诗人，抗元名臣，民族英雄，与陆秀夫、张世杰并称为“宋末三杰”。宝祐四年（公元1256年）状元及第，官至右丞相，封信国公。于五坡岭兵败被俘，宁死不降。至元十九年（公元1282年）十二月初九，在柴市从容就义。著有《文山诗集》《指南录》《指南后录》《正气歌》等。

⑬凤阳城：位于淮河中游南岸。明太祖朱元璋故乡。有举世闻名的明中都皇城和明皇陵，是八仙之一蓝采和的成仙之地。

⑭楚人大火举：即指项羽火烧阿房宫之事。阿房宫在今陕西省西安市西郊15公里处，始建于秦始皇三十五年（公元前212年），被誉为“天下第一宫”，是中国历史上第一个统一的多民族中央集权制国家——秦帝国修建的新朝宫。与万里长城、秦始皇陵、秦直道并称为“秦始皇的四大工程”，它们是中国首次统一的标志性建筑，也是华夏民族开始形成的实物标识。遗址范围总面积15平方公里。有唐人杜牧《阿房宫赋》流传于世。

丽人行[①]

你见过几个君王的宝剑能气贯长虹？你看过几个男人，敢在黑夜迎接雷劈！昭君出塞[②]，公主西行[③]，文姬归汉[④]，瘦弱的双肩，挑着民族的江山。谁人能托起她单薄的羽衣？谁人又能把今世的葡萄为她捧起？关山虽是多情，谁为她春心泣血、珠泪涟涟？

——题记

第一章　昭君出塞

江面的小船
穿梭着编织成乡愁
山上的芭蕉树
虽幸福却已成过往
看遍门前屋后的一切
悄悄地装帧成画框
珍藏着不能铺展
既是告别也是永远
再次拉起母亲冰凉的双手
盘起发髻的头
依偎老母亲震颤的肩上
咬着手巾的双唇
发不出只言片语

面对送行的乡亲
不露出丝毫感伤

迈不出
迈不出你的纤纤玉足
可又不能不告别这一切
这是家呀！
是家，又不是家
娘，别哀哀痛苦
爹，别牵衣顿足
兄弟姐妹扶起咱的爹娘
秭归自此作别！

疲惫的身躯
肩扛边城晏闭[5]
看牛奔马跳
不闻犬吠
诸夏蒙德[6]
黎庶亡于干戈之役
西天日圆
大漠烟直
昭君福至
飘逸的毅然是
南国的发丝！
云横秦岭
筚路蓝缕[7]

已处草莽
哪敢问乡关何处

你我都无法感知
天堂　火狱　幸福　忧伤
虽无形
却时时相随
感知的是宇宙　尘埃
有形而具体

轻吟着
那个主呀!
你是一切
一切都归你!
轻吟着　轻吟着
伴年华老去
我是归向了你
也顺从着你呀!
偌大的皇宫
却提不起轻薄的缕衣

我脸上的愁纹
日日增添
是谁木然而坐
透着威严
而无所事事

繁杂的花儿
浮云而逝
谁会抛洒一滴
怜香惜玉的雨水
暗夜里只需一滴
只需一滴呀!

我的姐妹
囚渡的宫女
再不会优雅离世
你是凶手
你是没有举刀的屠夫

空有一身流动的血
空有一丝飘游的思绪
是我抑或你?
空有一身流动的血
空有一缕飘游的情
是你，抑或我?

一声声南国小曲
唱彻层层沙丘
一群群南走大雁带不动忧伤
一片片抖落雪花
埋住野草

别让　别让它疯长
即使雨水抖落的春日
也不必疯长
大帐内提刀的
端坐的是儿是单于
旦日仍为娘
暮日娘成妻
凌辱惭且惊
悲苦语谁知
漠北呼昭君
南国巫溪女
香溪南岸树
挂满村俗枝

雪核滚动　滚成白球
晶莹雪亮
意蕴着几多缠绵
青冢耸立
仍不是结局
仍不是结局呀！

青冢藏着悲泣
装满神秘
汗颜着几多道貌的男子
每一句颂词
每一声叹息

都是多余
多余的本该是颂词
本该是叹息！

何须想元帝拭泪痕
忘了吧！
伤心辞汉主
无须回首看
他挽舆回咸阳
何须知他独自暗神伤
愁泪滴千行
死不用登御

招摇的野草
孤寂着枯了的青
青了的又枯
谁人　寻你生生世世
你不是晶莹的水珠
草原上溪水涟漪着泛起

何必怨毛延寿[⑧]画丑了自己
你空有迷离的眼神
黄袍裹着你恶臭的皮囊
我又怎肯尊你一声：皇上
远行　别说漠北那是不毛之地！
皇宫金银铺地

无情无义
美艳　也惊不醒你这
日日昏睡的人
塞外　春天也会伸出林梢
无垠天空
我用我的深情触及
野草触摸
我用我弱小的手臂
旷野上
旋转昭君的名字
哪怕野火上升
也交不出我的沉默孤独
野花招摇
会有馥郁香味
迷人的气息

即使万木萧条
也有奔放的时节
天地动容
众生之心
犹如泥土
坚强的草根
茁壮地长起
绵延天际

第二章　公主西行

追赶春天的烈马
奔腾着不肯顿挫
是谁为公主
送上多彩的经幢
雄鹰解读高山流水
蜜蜂翻译花开叶落
佛意缠绵　藏而不露
绿草如茵　直达枕畔
野花渐开　绿成幻影
诗情画意　通透风情
公主颔首　远山拾梦

吐蕃[9]　雪域之地
天高地洁
松赞干布[10]　金戈所指
青藏归一

斑斓金鱼　瞬间远逝
往来倏忽　求婚心切
鼓声浑厚低沉
响彻天地
公主轻移缓步
号声激越　铙钹清亮
国师微睁双目

洒祭天地
牛头落地　血溅门庭
众将簇拥
兵甲锃亮　战马嘶鸣
松赞干布　英姿勃发
公主含情　梨花带雨
马队逶迤　绝尘而去

骊山[11]北麓　始皇陵前
晚霞迸发团团光环
渭水河畔　涟漪荡漾

夕阳下
穿过沙漠　撩拨着胡杨
尘风从裙边经过
没有飞翔的鹰
没有蒸腾的雾
远方　石头一声不响
终年不化的积雪
雪白着　不能平息
疏云飘去
是谁矜持着张开双臂
雪山岿然不动
默然前行的路
遥远得似有默契

层山迭水　阴潭幽涧
暗雾低垂　越行越远
阴云郁结　月色凄微
青海湖
倒映着日月之巅
海心山[12]
起起伏伏
牧歌回荡

雪莲花冰冻成奇葩
绵延的苦丁香
六月里狂舞
远远腾起的白雾
雪崩炸响
溪水蜿蜒
淌过芳草萋萋
飘带缓缓　点缀蓝天
山丘无垠　浩瀚无边
团团松脂　映着山寨
正建的布达拉宫依稀而现

唵嘛呢叭咪吽
唵嘛呢叭咪吽
尽是诵颂之声
远嫁他乡的公主呀
你是西行的魂

你是众生的神
蚕食桑叶　殷殷吐丝
吐蕃大唐　安康生息

不是你不思大唐的雪月
不是你不念皇都的故园
你穿过了干净的流云
走尽了斑斓的秋色
滑过马蹄　声声碎心
远走似归来
翻腾起青草的海浪
就这样一步步远了
远了　菩提无树

雪山的阳光
晒干了忧伤
大爱无痕
高昂着如音符上扬
公主呀
你是众人的神
你是普世的瑰！

第三章　文姬归汉

大丈夫
忧谗畏讥是死

壮怀激烈是亡
小女子
又何须凄然之状
草原上
欢跳的只有延后的牛羊

天道茫茫　谁人可知
龙逢比干[13]　何日可期
胡笳吹动　边马齐鸣
孤雁南归
哀音嘤嘤　声声相和
羌笛夜魂　曲助归意
看黄鹂鸣处
琵琶怨恨
汉宫又是几春
又会是几春

尽管荒郊的男人破窗而入
利刃悬过你的头顶
窃走你的饰品
甚至你的一切
窃不走你的灵魂
你思国的情

忽闻南国使节来
独夜不能寐

撩衣弄抚琴
呼麦[14]越过帐篷
追忆过去　未来期许
吹碎人心　吹皱河水
吹得草长莺飞
马头琴的苍凉
戳着魂灵　直白心扉
我的红马　侧耳驻足
我的马儿呀
放开缰绳　自由自己

别回头
别理会他的绊马索
别理会他的鞭子
自由呀，奔放呀
你这灵性的马
你这大地的神

北风啸野　韦鞲毳幙[15]
披长草以御风雨
胡地玄冰　八月飞雪　九月树枯
侧耳皆为萧条之声
茄音虽鸣　尽是胡人之语
偶尔举目言笑
可与谁能相欢
文姬何心，悲苦自知

几欲刺心以自明
刎颈以见志
儿卧榻前　辄复苟活
死而无益呀
异方何乐　无知之俗
望大雁之南归
独怆然而涕泪
盼大雁之北归
捎乡音以解忧

白草易折远万里
空断肠兮意弥深
横眉对月抚弦琴
不知何日达汉庭
琴音哀响彻肝肠
旧怨不绝新怨添
泣血仰头南归路
关山阻修途难行

那个东临碣石
以观沧海的人[16]
也空对着
白骨露于野
千里无鸡鸣
悲伤着秋风萧瑟
奋起着洪波涌起

也不能阻挡才女被掳去
何须看雕栏玉彻起
怎忍心颍汝水萧寒
夏日桐叶落

胡虏逞杀气
牧者常变故
疾风扬尘沙
归路马鞭急
直抵子午驿[17]
饮马汉地溪
马超洛阳迎
丞相怀月日
乐起《春欢喜》
誓不山半壁
同往定海阁
兰台令史[18]职
曹公展胡伽
一读一唏嘘
自惜身薄祜
夙残罹孤苦
一去十二载
幸有外孙归
悲弦激新声
长笛吹新气
隐隐夜熏香

鬓霜胜雪起
冲静得自然
荣华何足惜
稳稳月高悬
白白晨雾飞

垂泪怜儿女
仰望空云烟
胡茄十八拍
句句益凄楚
谁坐庙堂上
衔悲月星稀，
倦鸟有枝依
国破众生饬
涕泪交垂处
随兮已断肠

第四章　时人问古

深重的罪孽
薄薄的皮囊
无法圆融　不可包裹
尘世中　孤立无援
你已知　那是远古
已隔几个世纪
而你仍然苦难着自己

绷紧的心
挣不断的绳索
思念燃烧过
远行时　依然故我

你忘不了
那一切曾经出现过
曾经发生过
雾霭布满山峦
你仍似初恋时激动

你知道你不会
遇到悲壮的丽人
可你仍在雪夜里
寻找失散的马匹
如有一天相遇
那就对视良久
不离不弃
何须让人知你
曾苦苦寻觅

片片绿叶　朵朵艳花
同时挂满枝头
冬天　仍会凋谢　无法回避
我一次次对自己说：忘掉她
就像忘掉一片叶

就像忘掉一朵花
忘掉它
像忘掉春风里的一场梦
像梦里的一声钟
年华呀
这岁月可真好
它马上就使你变老
忘掉它
可每片绿叶的离去
都使我百感交集
每朵艳花的掉落
都使我悲从中来
那就让我想着那些往事
从春守到夏
从秋守到冬
哪怕一场寒风
摧枯拉朽
独守那棵枯杆
虽不热泪沾襟
绝不转身离开

百年一世　千年过去
穿过日夜　回到往昔
回到神坛之上
只为看你
昭君　公主　文姬

注释：

①丽人：即美人。行：古代诗歌的一种体裁，又叫歌行体。一般较长。不受格律限制，多吟咏人所共知的人、事、物。该诗用此体裁，将历史上王昭君、文成公主和蔡文姬三位知名的美人一气吟咏，歌颂她们以其纤弱之肩，担当民族兴亡的可贵之举。

②昭君出塞：这是中国历史上的一个真实故事。王昭君，名嫱，字昭君，湖北秭归人。原为汉元帝时期宫女。公元前54年，匈奴呼韩邪单于被其兄郅支单于打败，南迁至长城外的光禄塞下，同西汉结好，曾三次进长安入朝，并向汉元帝请求和亲。王昭君听说后请求出塞和亲。她到匈奴后，被封为“宁胡阏氏”(阏氏，音焉支，意思是王后)，象征她将给匈奴带来和平、安宁和兴旺。后来呼韩邪单于在西汉的支持下控制了匈奴全境，从而使匈奴同汉朝和好达半个世纪。

③公主西行：即文成公主进藏的故事。文成公主（625年–680年），原本是李唐远支宗室女。唐太宗贞观十四年（公元640年），太宗李世民封其为文成公主。贞观十五年（公元641年），文成公主远嫁吐蕃，成为吐蕃赞普松赞干布的王后。自此，唐朝与吐蕃结为姻亲之好，两百年间，凡新赞普即位，必请唐天子“册命”。

④文姬归汉：文姬，指蔡文姬。据《后汉书·董祀妻传》，蔡文姬为陈留郡国人，是东汉著名

学者蔡邕的女儿。“名琰，字文姬。博学有才辩，又妙于音律。”初嫁河东人卫仲道，夫亡后归居家中。时值天下动乱，四处交兵。董卓在长安被诛后，其父蔡邕曾因为董卓所迫，受官中郎将而获罪，为司徒王允所囚，并被处死狱中。蔡文姬则于兵荒马乱中为董卓旧部羌胡兵所掳，流落至南匈奴左贤王部，在胡十二年，生有二子。建安中，随着曹操军事力量的不断强大，曹操出于对故人蔡邕的怜惜与怀念，“痛其无嗣”，乃遣使者以金璧将蔡文姬从匈奴赎回国中，重嫁给陈留人董祀，便让她整理蔡邕所遗书籍四百余篇，为中国文化的传播作出了贡献。

⑤边城晏闭：语出《汉书》：“边城晏闭，牛马布野，三世亡（无）犬吠之警，黎庶无干戈之役。”这段话是对王昭君出塞和亲作用的评价。意为自昭君出塞以后，边疆安宁，牛马遍布原野，老百姓再也不受战争拖累。炽盛：繁盛。晏闭：安宁。

⑥诸夏：周代王室所分封的诸国。蒙德：承受恩德。

⑦筚路蓝缕：出自《左传·宣公十二年》。筚路：柴车；蓝缕：破衣服。也作“荜路蓝缕”，意为驾着简陋的柴车，穿着破烂的衣服去开辟山林道路。形容创业的艰苦。

⑧毛延寿：汉杜陵（今陕西西安市三兆村南）人。宫廷画家，善画人形。元帝后宫佳丽太多，就让画师图形，然后根据美丑按图召幸。诸

宫女为求元帝宠幸，争贿毛氏，美化自己。王嫱（即王昭君）是宫人中最美的人，自信不贿。于是毛延寿就把她画得很丑，从未被召幸。后来匈奴来议和求亲，求一美人为阏氏（匈奴称王后为“阏氏”），汉元帝就把很“丑”的王嫱给了匈奴。上殿辞行时，汉元帝才发现王嫱是绝世美人，但已无法挽回。昭君和番去了，汉元帝只好杀了给宫人画像的毛延寿。

⑨吐蕃（音tǔ　bō）：古代藏族在青藏高原建立的政权。自囊日论赞至朗达玛（618年—842年），延续两百多年。吐蕃王朝是西藏历史上第一个有明确史料记载的政权，松赞干布被认为是实际立国者。青藏高原各部在吐蕃王朝的统一下凝聚成强大势力，逐渐走出封闭的内陆高原，使得古代藏族社会第一次出现勃勃生机。原本各自为政、分散孤立发展的局面被改变。通过制度、法律、驿站等建设，各个小邦政权和部落联盟得到整合。由于内部人口流动，社会交往面扩大，推动了藏地语言及整个文化层面上的相互沟通，实现了青藏高原文化上的整合与壮大。因文成公主进藏和亲，与大唐关系交好。

⑩松赞干布：吐蕃王朝第33任赞普，实际上为吐蕃王朝立国之君。在位期间（629年—650年），平定吐蕃内乱，确立了吐蕃的政治、军事、经济及法律等制度，并且从唐朝和天竺引入佛教，至今备受藏族尊崇。

⑪骊山：秦岭山脉的一个支脉。周、秦、

汉、唐以来，这里一直作为皇家园林地，离宫别墅众多。西周末年，周幽王在此上演了“烽火戏诸侯”的历史典故；秦始皇将他的陵寝建在骊山脚下，留下了闻名世界的秦兵马俑军阵；盛唐时，唐玄宗与杨贵妃在此演绎了一场凄美的爱情故事。

⑫海心山：位于青海湖心偏南，距南岸约30公里，是青海湖的一大游览胜地。海心山俗称湖心岛，古时也叫仙山或龙驹岛，形如螺壳。山顶高出湖面数10米。凭高远眺，海心山犹如雪浪飘浮，蔚为壮观。海心山环境幽雅，绿草如茵，淡水清泉，景色宜人。山上古刹白塔隐存其间。犹如步入仙境一般。古人曾有诗赞道：“一片绿波浮白雪，无人知是海心山。”

⑬龙逢，即关龙逢，夏末诤臣。夏桀是历史上有名的暴君。在其统治末期，出了一位彪炳史册的诤臣，这就是被誉为“死谏开先第一人”的关龙逢。他为官正派，刚直不阿，敢于犯颜直谏。后世常以龙逢与商朝的比干并称。比干：商王太丁的次子，帝乙的弟弟，帝辛的叔叔，官少师（丞相）。他先是辅佐帝乙，又受帝乙嘱托，忠心辅佐侄儿帝辛（殷纣王）。比干为人忠耿正直，他见纣王荒淫失政，暴虐无道，十分着急，常常直言劝谏。在一次劝谏时，纣王大怒道：“你不是要当圣人吗？我听说圣人的心有七窍，今天我要看看你的心是不是七窍！”说完，命人剖开比干胸膛，将心挖出，并通告全国：“少师

比干妖言惑众，赐死摘其心。”比干死后，他的精神感动了一代又一代人，对他的纪念也始终不断。

⑭呼麦：是蒙古等族人创造的一种神奇的歌唱艺术：一个歌手纯粹用自己的发声器官，在同一时间里唱出两个声部。呼麦声部关系的基本结构为一个持续低音和它上面流动的旋律相结合。又可以分为“泛音呼麦”“震音呼麦”“复合呼麦”等。在中国各民族民歌中，它是独一无二的。

⑮韦鞲：皮制的臂衣。古代北方游牧民族的装束。亦借指游牧民族。《文选·李陵〈答苏武书〉》：“韦鞲毳幙，以御风雨。”张铣注：“韦，皮也；鞲，衣袖也……戎夷之服也。”隋史祥《答东宫启》：“毳幕韦鞲之乡，俄闻九奏。”毳幙：亦作“毳幕”，游牧民族居住的毡帐。

⑯这里指曹操。因其有“东临碣石，以观沧海”著名诗句，故代指。下文引用的“白骨露于野，千里无鸡鸣”出自曹操《蒿里行》。文姬归汉均由曹操操作。

⑰子午驿：子午道上的一个驿站。子午道，也称子午栈道。是中国古代，特别是汉、唐两个朝代，自京城长安通往汉中、巴蜀及其他南方各地的一条重要通道。因穿越子午谷而得名。历代都有修缮和线路变化。东汉及唐时，均曾一度成为国家驿道。

⑱兰台令史：兰台最早为战国时楚国一台

名，其上建有宫殿。汉朝时，皇宫内建有藏书的石室，作为中央档案典籍库，称为兰台，由御史中丞管辖，置兰台令史，史官在此修史。后人从此引申，宫廷内的典籍收藏府库、御史台和史官，都曾被称为兰台。唐朝时，秘书省在唐高宗龙朔年间改称兰台。

第三辑　根脉情怀

你仍是飘逸诗魂的地方

那一天　我走了
桥头　是惜别又不是惜别
动容后　道说着回来
虽也有动容凝面
兄弟姐妹　你可知
颤动欲泪后　早已有远方
渴望的远方
招摇　如海市幻影
澎湃着
一条路缥缈着遥远
陌生着异乡
漂泊着漂泊
忘了　别离的销魂

旅行不熟悉的只跋涉
梦有的日出露逝
有的叶繁枝茂
暗夜提着油灯
白日顶起烈炎
远行　青春着火焰
镜头　转换
憔悴了心原
叩问　何处寄存灵魂

兄弟姐妹
我已厌倦了漂泊
脚步何时凝固
守森林，史诗无言
不再荡气回肠

躯体不宜策马挥鞭
那是你的原地
那是偏僻而沉静的堤岸
何人　挥着纱巾
迎你饮泣怆然
匆匆走了
又多想回到原点
秋日　野菊溢香
是谁　须发飘飘
迎你于年少时的土岗
柿子黄了
涩而甘甜
戏闹淌过窄窄的小河
衣袋装满光滑的石子
坚硬如永不破碎的过往

回去　土岗仍在
瓦房结着青苔
记忆泛滥　一旋一旋
那就让它浅透白鬓

亲情　三峰山苍苍
颍水泱泱
回去　回岗去
呼儿唤婿　牵孙扯女
定格　一群老而心少的
兄弟姐妹
那是谁家的娇孙
咔嚓咔嚓
校园隐隐约约
那是谁家的俏女
调皮着　展开一面旗帜
角子山风　吹动
属于咱们的吉利之字　方
再不挥手　作别梦魂牵挂的原乡

田园的秋天

风，悄悄剥去铺展的青衣
华贵而雍容的秋来了
果实如陈年的锦帛
逶迤在房舍的宅墙，栅栏
红红的圆球装饰着土地
轩窗上结满花环
牵动钟楼的绳索
丛丛花木，翩翩着谁的舞蹈

城，吹着尘土的灰蒙
树，修饰后委屈地曼妙
黄昏，白云
永是飘飘的喧嚣
管风琴撼不动水的喷涌
惶惶如惊雷炸响
找不到金星的头盔

虽不求魏风的竹林，晋时的桃园
闻而不语，笑而不言
布帘垂坠，传不来伊甸园夜曲的懒散
深秋了，热的布缦遮住墙壁
石柱上倒晕着烦躁
折皱的紫罗兰

梦一般寻一把尘光的钥匙
灵魂置放在乡野的祭坛
膨胀秕糠的甜香
夜色消散，黎明的气息弥漫
香芷、莠草并茂
阳光下泛着水的波纹
鱼鸭戏迷倒影的河面
河上有水的波纹
旋转

中秋节，放马还家

城中，河水包围着
流淌，楼之间，风
吹着银色的头发
步履尝试着，轻盈
却不再矫健，甚至有点蹒跚
难得一见，大鸟高飞
眼中一湿，一滴思乡的泪
斜阳，草场，鲜艳
天还不晚，放马还家
回到那亘古的田野之上

老婆，随我走
别再踉跄着，厮守夜风
风，吹不散念家的愁怨
儿时般，卷起裤腿
蹚过家乡颍汝之水
无关风月
奶奶即使独坐，坟茔
也会等你我千年

儿子，孙子，最好带上儿、孙媳妇
闺女好说，女婿相随
别再磨磨叽叽

走，放马还家
思忆，不如一见
没了浓浓的剑眉
脸也没了棱角
笑，不再妩媚
昏花的眼也不再　炯炯有神
老兄弟、老姐妹也老了
走，回家，野草上的露珠
矫情地打湿鞋子，打湿脚面
年少时一样簇新
走，老了，浪它一回是一回

别再蹑手蹑脚，年轮变迁
模糊不了，记忆的曲线
别像出嫁时那般紧张
心底娇嗔
踏上我的肩，放马还家
家呀，千年万年不会疏远

飘逸，祥云
彩虹，雾霭云烟
别管儿孙是坐高铁或是飞机
彩虹条条，招引着走马山峦
一任原野的秋浪在脚下翻卷

家，到了，娘没了，爹没了

大叔大婶的月饼也会香甜
只是不知道天国是否有炎凉冷暖
邻家兄弟，沏的花茶
清香，再也飘不到爹娘的坟上
那就沉淀芳香，斟一盏
斟一盏，说一句呓语
一盏薄茶难入九泉
这么近，隔层土
咱说的话二老怕是难听得见

别再擦鼻涕抹泪了
路边，邻家婶子
风吹如雪双鬓
那也是娘亲
是娘亲，虽有离散诀别
有乡邻，再沧桑也不孤单

夕阳，抹青山一脸，金黄
天幕，遮盖住竹林翠叶
脱落牙齿的伯母伯父
娘亲般的温语
亮堂了月下的心田
月亮晃动，铺展画面
家乡山水，萦绕双眸
喟叹的泪滴，和着虫鸣
在父母住过的院落
静静品嚼已逝的滴滴点点

娘不在的中秋，我该去哪里

1

泰迪犬，拉动我的衣角
舔着我的手掌
醒了，华灯初上
夜，幽幽地来了
儿子开门的响动挤进月光
月儿圆了，又一个中秋
圆圆月饼是不是香甜
娘不在了，薄薄的黄土
遮埋了她的脸

2

爸是没娘的人了
一杯杯浓酒咽了
面上却长不出曾有的淡然
儿哄小孩似的
中秋我领你回家
傻傻地笑着，醉了
往年是我带上一家回去
车轮吹风掀土
今年，车轮沉重

沉静的还有紧闭的唇

3

村口，桐叶依然生动
儿时，母亲、婶们拉犁
弓下的身影
一畦畦清晰
玉米甩出了红缨
红缨长着，黄澄澄堆上了谷场
躺在银河下，轻嗅饼子的醇香
下雨了，收工
烟火蒸煮的红薯是娘的口粮
雨停了，一车车粗粪
娘的脚步泥泞
泥泞，儿长高了
母亲，瘦了，念着，盼着
儿该出远门了
娘送我到村口
嘱咐的话，一遍又一遍

4

城市的表达，永恒而经典
叙述高楼，马路
修剪了的绿篱

雨中车是船
车站的喧嚣，剧院的寂静
一片片高楼，一座座孤岛
人流车流拥堵而不相识
疏远吞下了圣灵的观感
儿，不说荒芜
一个月挣的钱可买下一年的口粮
站口，长跪的母亲
背披寻找儿子的白布黑字
丢了十五年，寻找十五年
没有哭喊
祥林嫂的眼神，盯紧过往行人
娘，我捐了半个月工钱
眼光痴呆着，散淡着
母亲，我是幸福的
我只是在远方
我能找到回家的路
距离，远又不远

5

我背对爬满蠕虫的骨架
告别梦中奔走的黄牛
耕地的骡子、毛驴、瘦马
歌唱着走出工棚
朝着破晓星辰，脚手架上

白昼出现
亮光，洪水般奔涌
头顶，似有若无的苍鹰
家乡的味道踏青而来
母亲呀，我又朝向日落的地方
听到了你的呼喊，萝卜的香味

6

儿子告诉我
祖母不在了
春日繁华，会像
老人家期待的那样盛开
暖阳普照，禾苗吱响
雪雾聚拢，公牛冲出
田野上奔走
篝火映红河水
枣红马放肆畅游
可儿呀，娘活着
是水，是有吃食的水流
娘走了，只是一堆长满杂粮的黄土
地沟风，掀不动土的沉重
坟墓旁，只有风的地沟

7

娘拾掇完了，豌豆、青豆、绿豆、扁豆

拉拉扯扯进了城
远门，娘不熟悉的远门
儿有住处了，新楼
娘走不动了
地下室，潮湿，成了娘的家
儿媳搭了个小床
娘撵得儿媳脸红
可卖菜的脚步总不停下
鼓捣了小火
煮着岁月，煮熟了孙儿的早餐
地潮湿，娘潮湿
闹着，麦子熟了，
该看鹌鹑、布谷了
燕子也要来了，舍不下熟透六月
娘走了，床头布展着孙女给的生日钱

8

家到了，左邻右舍的乡邻来了
邻院奶奶依然慈祥
别找了，谁都有没娘的时候
从古至今，不管你是打坷垃的
还是身居庙堂
他四婶，升火
他五叔，拉桌
他姑，你别光站着

月饼，切匀，桌上
给他娘摆上一块，大点
他娘，命苦，下力，孝顺
咋说走就走了
都别哭了，大中秋的，不兴
人死如灯灭，活人要喜庆，小孙，拿酒
先给他爹倒半碗，馋酒，一喝必晕

9

月升，撩起夜的雾纱
穿过树林的缝隙
轻拂我醉了的面庞
伯母轻抚我的后背
天不热了，婶母棕扇撵走蚊虫
幻影，幻梦，母亲蹑手蹑脚
披上粗线织的棉巾
娘做的红烧肉真香，真香
母亲不在的第一个中秋，醉了
醉了，月线如针
刺着心，隐隐作疼
伯母，婶母，弟兄们各回各家了
寂静，惊不动鸟鸣
娘不在家，明天不会有人把我叫醒

乡思

脱离母亲温水似的胎衣后
便是终身流亡
跫然的足音，响着
也许就是半生
流浪。偶遇村风
转瞬即逝，难成永恒
异域，邂逅乡音
闲话鸡鸣鸭叫
蓝天下，是否疯长着庄稼
试问，别后的风尘
细细数来，散飘弥漫
蓦然回首，撕不碎的乡思
袅袅而升，星辰辉煌
多想返回故土
原始，纯朴
天真后长着伤感
回去，回家去
凝固时间，河流销魂
院内院外，翻找
母亲走后的讯息
村前屋后
轻嗅父亲坟土上
似有若无的烟香

在父母躺过的床上
安然而眠
晨阳之光，如翅膀
展示绚烂

木鱼岸花

桃花、梨花招摇满树
水草头顶花蕊
颤抖着，水纹远去
记忆力七秒的鱼
游动着，一生都不合目
快乐吗？稍纵即逝
烦恼吗？蜻蜓点水
蜻蜓点水，碰落了嫩花
飘然入泥，入泥的花儿
开开落落，缘起缘灭
露水闪烁，不是它的泪滴
坐在油画中的亭子里
寺庙的木鱼

一声一声，忽远忽近
鱼儿摇尾而游
落英遍岸
无风，独坐，不惹尘埃
清醒着，杂念不起
滋生的草儿漫过脚踝
雾气中的小路
蜿蜒着，铺向山脊

阳光透过疏枝
亮了石屋
蝶舞，抚触着乱发
蜜蜂飞过
香甜直达心底

寻找传说

炉灶烟火是否已灭
野草丛生
后院母亲呼唤
渐远渐失
别了，别了
家乡难觅
跑着的牛羊
疾走如飞
鸡跳鸭叫
河水清澈如许
夜风，飘拂林梢
柔和平静
初春的气息
田野，绿荫浓密
漫天长满
童年呓语，如幻如诗
寻找传说，头也不回
淡黄的阳光
映着异域的海面
傍晚荒凉，杳无人烟
永恒的浩渺
大海，咸涩恐怖
没有橹桨，休想到岸

小船，漂动着撞上沙滩
故乡的河岸
是否飞翔着水鸟
果腹的杂草
拖长向往瓜秧
母亲呀，我也老了
苍白枯槁
别在桥上等了
稀薄淡酒，不能疗伤
五月，枣花
沉默着挂上枝头
树下，是一群
凝视花朵的孩子
邻家的老奶奶微笑不语
深秋
圆润的枣儿，装满衣兜
奶奶的竹竿
才伸向瘪着肚子的孙儿
老奶奶已躺在土里
紫色小花招摇着
低述往事
寻找传说
头也不回
异域的昏
山峦如壁，起起伏伏
褪去华服，愈烧愈暗

暗淡成火烛，流光消融
山风呼啸着，抽打土地
崖上的野花
孤单，寂然，似隐似失
温柔抚摸，母亲不在
夕阳红晕，难掩荒僻
向着天穹赤露峡谷山陵
余晖洒布
隐去的异态奇姿
明天是否会穿上新袍
晨曦绚丽，俯临川谷
故土呀，雨风侵袭
不可酣寐，芳菲凋谢
雨后，挺拔的林木
是否甘美温馨
飘逸白雾的原野
祥和、圣洁而静谧
幽林中的小路
迷蒙而舒展
同行的人，悲悯又崇高
相拥着
穿越苍老的断垣残壁
阳光下，不掩真貌
百年如斯
向往着，雾霾陡起
那流下的是什么？滂沱如注

寻找着什么？又寻到了什么
就这样，寻寻觅觅
父亲呀，疲惫着
我也老了
趁夜幕未落，回故乡去
你身上的衰草
想必已堆满坟头
儿为你一根根拔去
让孙儿点燃你的旱烟
袅袅而起
回故乡去，头再也不回

寻找

我日夜寻找
夜很晚很晚
也有我的脚步
沿直线轨迹寻去
你躲进黑森林
偷摘过邻家老奶奶的红枣
又提着篮子，漫山遍野
采着白蘑菇
回来时，又挖了几根白薯
拐脚的大叔
撵你掉进了沟谷
他是庄稼的守护者
尽管他跑不快
有一天，队长批评
他犟了嘴
那是一群饿疯的孩子
我不忍心
说着，望着远处
烧烤红薯的狼烟
偷偷拭泪，后来
他被罚到北山修水库
雪落地湿，再也没能
醒着走上回家的路

睡意沉沉，却安详慈目
队长说，是他害了你
他又没打你没骂你
没让你喝农药
他怎么害了你
哭着哭着
让他的儿为你摔了孝盆
伐倒了咱队那棵大桐树
说是你的屋
怎么会是屋呢
屋能埋进土
为了你的屋
他被撤了职
他那为你摔孝盆的儿子
如今是支书
他领得还不错
村部前男女老少
夜夜跳着广场舞
只是几个后生
跳舞时故意撑着肚
唉，我忘了
抬你进地那天
无风也无雨
邻村黑妮婶站在井房后
蹲下抹着泪
双手拍着土

骂你狠心的鬼东西
你怎狠心了？那天
你给她一条头巾
她笑着给你补棉裤
你说她是寡妇
她狠狠瞪着你
打了一扫把
撕你的破上衣
唉，她前年也老了
跟你隔条渠
临老她玩了一幽默
喘息着指着一匣子
儿女停了喊
打开后放着那条破头巾
握在手里
喘着喘着咽了气
清明了，在坟头
多想让你再撵一回
哪怕你森森着白骨
最想老奶奶
不能出来了
你个小调皮
我现在是追不上你
老了，越来越像拐脚的大叔
白了眉毛，迎风流泪
弯曲了早年笔直的腰

这寻着的是谁呀
这般执着
寻找，寻找
找着忘忧草
我还得寻找
时钟不会停摆
一天天变老，你躲进麦秸堆
玩着捉迷藏游戏
家园没有幽幽火光
月亮苍白，雾云遮蔽
灵光一闪，隐身而去
隐身而去的
还有你的玩伴
早已回家了
陪着的小羊早已睡着
相拥而眠，屋子太小
也确实没有容他的床铺
临行，你手捧牛屋的柴草
那是牛的粮食
不是暖你的麦秸
你是个贼呀
祖母用小脚鞋
追赶着佯装打你

这是谁呀？我苦苦寻找
你不用躲进玉米地

瓜地里
露出你爬行的背
西瓜很甜，甜美的声音
惊醒了妻子
别躲了，寻找者是我的老年
躲藏的是我的少年
自己的年老
也是自己的年少
晨明，不期而遇
寻来寻去还是年老年少的自我
不期而遇，年老年少
永远托着忘忧草
看着妻子，喊醒儿子
该上学了
我的年老年少
黑森林，瓜果地
妻儿旁，呵呵笑
手托忘忧草
妻子说我憨了
大笑闪了腰
再笑，就下楼靠上
咱家的逍遥树
下楼去，可碰上
你那几个老哥哥
又要菜又要酒
老而无形，醉后

说不定还偷走咱的忘忧草
放心吧！那几个老来俏
才是哥几个的忘忧草
我看紧，不让他们
接近咱的逍遥树
你就炒四个菜，拿一瓶酒
老了老了任逍遥
喝醉了，我也不找那几个老来俏！

围墙

墙上的刺梅
翘望雨水
云飘着
飘着飘着就走了
是该相逢
整整一个冬季

雨，来吧
墙内
黄狗撞破笼子
扯拽根枝

谁挡了谁
头伸出
缀满粉嘟嘟的花蕊
嫩尖，憋屈着破土
晶莹的是水珠
剔透的是绿意
咳嗽轻了点的人
弹掉霉气
牛羊的蹄印
一地生机

枣红马抽打墙的四壁
有了啪啪的响动
啪啪的响动有了
是阳光照着的窗户
阻贼于外
可也放不出了自己

田野都是它们的
围着主人的狗儿
打着圈圈
手机哆嗦着落地
古墙，一如往昔

高铁邻院而过
鸟声汇聚
主人打了个寒战
镜中是谁

黄狗，装聋作哑
谁是黄狗
黄狗是谁
踩着手机的蹄子
没有抬起
“孩子，该吃饭了”
娘的烟囱
冒出早春的热气

家·根·祭

景墙书家字，誉延达嘉树。
老槐为民枯，开枝散叶去。
两亿戍边城，三代新槐绿。
日出大祭典，万人层层逐。
手摸槐树根，哀哀长泣诉。
槐大粗如许？七庹一媳妇。
大雄宝殿伟，南无阿弥佛。
明代迁徙图，思源潭水澪。
祭祖堂前香，楼高广场阔。
寻根难觅处，思我故园路。
台上祭奠文，夜寻古柴屋。
一越六百年，回眸石塔处。
娇儿抱腿哭，摔锅留信物。
老少绑手行，背手渡河苦。
独轮压雪辙，千里草木稀。
处处有新枝，何地留旧物？
儿女重相见，柴门掩不住。
槐香落满院，开包见信物。
纤手层层解，用心细细开。
头巾颜色褪，片片尚黏连。
验趾执手看，始知有同祖。
吊桥河上悬，蹬马过柴屋。
挥手兹此去，汾水涨春池。

殷殷相泪语，相约百岁回。
温温万般情，见时近却无。
发如白雪花，意浓新竹出。
复兮旦兮逝，莫问谁是汝。
悠然白鹳起，不问青或枯！

石像

银杏树，天地之间
抖出灿烂的辉煌
响动，如江南水乡的桨声
深秋不再是
滚动的青春
却依然舒展流畅
倒影
在水中晃动
晃动的水流
无鱼而沉净
柿子，霜打过的柿子
仍挂在枝头
不似盛夏时节的光鲜
秋雨洗去尘埃
味道香甜

浮冰悄无声息
慢慢坚硬
叶不浓，叶凋零

转眼成泥
大地凝结成透明的琥珀
冬草献出古朴的温情
牛羊咀嚼着

披上夕阳的波光
牧人一脸淡然、安详
家狗赤足跑回
冒着炊烟的村庄
女主人挥动头巾
舞蹈着斜依上
老旧的土墙

风往南刮
又往北转
日头出来又落下
星星隐没又闪现
不必怆然落泪
悲情地流放自己

抑或独坐
沉思成远古的石像
会有绿色从草尖传来
树叶的合唱

会在春日里响起
澎湃如潮

如潮的春意铺天盖地
漫过脚踝
飘绿山冈
你思恋的故乡

又到了雪花飘舞的季节

不知什么时候
秋天悄悄地走了
漫天雪花静静落下
飘过山峦
这期待已久的冬天到了
洁净的雪花
纷纷扬扬

长长的冰柱悬在屋檐下
通红通红的小手
一根根掰下
吮吸着冻裂嘴角
满街的童伴打着雪仗
寒风吹出的棉絮越拉越长
长着长着柳絮就飘了

我离年少越来越远
笨重的架子车在雪地格外沉重
车上的瓦盆咣咣当当
这拉着的不是瓦盆
是一春的口粮
十三岁的脚印踩过山冈
哆嗦的叫卖声含着凄凉

牛棚的麦秸透着草香
从未谋面的大婶
送来的热面鼓起肚皮
回家的路上泛着星光
星光灭了又亮起
激情血液狂风吹在冬夜
怀揣丰满凝视仰望
气宇轩昂
又到了雪花飘舞的季节
冰刀似的雪片切破脸颊
曾经坚硬的肩膀
撑不住十字架的创伤

焚烧的野火
蓬头垢面
禁欲的天空
灰蒙蒙不再纯洁
灵魂再不会被雪片刨得铮亮
点滴情愫摔出体外的心脏
万籁都是悲响

风推乌云　路途苍茫
不死的心拼命高蹈
不求尘世的冠冕
终有世人都像野鬼
找不到回乡的路径

不管你是流民草寇
还是高坐庙堂

天上污水堆满曾经清澈的河岸
何须向人致敬　呐喊　哀求
再次踏上狂飙的方向
还会有风吹雪舞的时日
那是日思夜念
不舍不弃的乌托邦

第四辑　多棱人生

嫁接树

（一）

一棵树，长在田野
伸着头却卑微着自己
身边，挺立着
橡树、白桦
南来的，北往的
亭亭玉立
最是那樱树
来自异域
虽在岛上经历过风雨
在一个国度
夏，秋，冬
卑贱着自己
在一个首都
只敢在春天
开上几天
便凋零入泥土
最是那棕树
祖祖辈辈沐浴着海风
无花，却骄傲四季
无果，却飘散四处
想着那梅树

诗人赞着
千年亘古
雪花飘舞
凝成小小的骨朵
冻杀，也苦难自己
念着那苦丁
在高高的原上
悲苦着，浸润沙漠的风
是日夜倾听暮鼓晨钟
走过多少行人
匆匆一瞥
仍是为了转动经轮
乞求不死不生
即使漠北的风沙
折腾过的狼毒花，荒草中
艳丽而雅致
却毒死着生命
虽然羊踩过，马踏过，
谁敢餐食
那怒放的颜容
在平原，一棵树
羞涩着自己
多想把自己
嫁接着，怒放
艳杀身边的姐妹弟兄
可砍掉的是头呀

即使秃了、光了
毫毛皆无
也来自娘身
再光鲜，也不是自己
再艳丽，也只是
顶着别的生命
劝我了，我是我自己
即使阉掉那要害的
我也是个男人
大雪覆盖
灰尘裹身
多少掩饰
也遮不住我的个性
苦难地，活自己的生命
逍遥无痕
一点儿一点儿
是自己的生命
嫁接后，活着你的鬼灵性
那还是你吗
我想问不敢问
最关切你的是亲人
生养你的是土地
是身上流淌的宗族血
活自己吧
卑微而浪漫
面丑而灵动

做成雕刻
散发自己的魂
喊一声爹，爹答
叫一声娘，娘应
割了头，变了性
娘往哪找你呀
爹不认的后生，活吧
个性，个性，活个性
风吹吧，雨打着，雪盖着
呵呵！原野上
立着自己的根
飘逸着宗族的魂
哈哈！天上的星星亮晶晶
立长着自己的干
顶着人家的头
活不成自己的命
乖巧着你的鬼灵性
青枝蜕变成黄
白花憋屈成紫
绿叶衰败成赤条条
枝枝叶叶再不是自己
改了头换了面
再没有自己的魂
摇着自己的干
飘着人家的魂
长着长着怎么成不了自己

再不敢展着自己的风韵

（二）

我是有过本种的根
头顶，毛稀面丑
树前树后卑微苟活
是谁在说
王侯将相宁有种乎
绚丽花开遍野
何不舞新枝
花开朵朵红
片片叶子绿
重青春
娘呀！儿不怪您
生我丑陋的面容
爹呀！儿不恨您
遗我卑微的姓氏
可儿，绝不憋屈着活
昂昂然，儿把自己嫁接了
枝又重发，芽又新生
娘亲呀，把泪偷抹
是绿着人家的叶
开着人家的花
结着人家的果
仍是娘身上的干

爹传着的根
树前树后
飘着儿的情
亲娘呀
别再遍地找我了
您认不出我
可儿知您是娘亲
谁愿这样过
谁愿这样活
这是命呀！儿也有不认的命
好像有个叫于连·索黑尔的
借贵族女人留自己的根
即使没留下
冷眼道貌岸然的人
毕竟灿烂过自己的命
又好像有个叫司马迁的
被阉了
泣血《史记》动鬼神
一字一滴泪
一页一片血
满书话真言
谁知他遍身是伤痕
统卷意殷殷
罢了，述往事思来者
哪个不悲
哪个不痛

罢了，罢了
苦难过自己
才是升华的树、大写的人
挣不断的绳索，洗不尽的恨
嫁接更强健，光光鲜鲜
即使大雪飘舞，凝冰缠身
儿不说苦，儿不言冷
咬断舌根，儿不放悲声
不放，不放
儿永远都是您的后
儿不放悲声，活命
又何必放悲声
让人嘲，让人讽！
儿不放悲声
儿光亮，儿强健，儿华美
谁不动容
儿是怨过，儿是恨过
说我儿苦，说我儿难
儿苦儿难
不是二老的错
生了我，养了我
二老的大恩儿记着
发飘落，新发长
娘藏着，爹望着
也有自己的意
也有自己的思

爹呀，儿不言不语
儿流着自己的真性情
春放花开
秋来果结
赤绿黄橙
再传，就是祖上的根
再飘，就是咱家的情
树动身舞花万朵
漫天空，遍地是缤纷
扮江山，弥漫摇红

（三）

这人真是奇了，怪了
一大早，村口就挤满了人
前院打着锣
后院敲着鼓
门前张着彩
墙上披着绿
院内飘红纸
一街鞭炮飞
笑着的是嫂子
坐凳吐雾的是爹
不言不语的是哥
梳头的是婶
哭着的是娘

最是那小俏皮
喊着、闹着也要穿新衣
似笑似泣地
劝着的是姑，一声声
孩子呀，闺女呀
女大了，都有这一天
谁都得嫁出去
谁能一辈子住家里
爹，你咋了？耷拉着头
娘，你咋了
泪垂如花雨
春风徐徐吹
暖暖是红日
问您哩，脸上凝着个悲
再问也不语
来了，来了，
伺候咱的人
拿着个绳，提着个锨
眼含着个笑
身后跟着他的俏闺女
扶着我的身
挖土断脚趾
孩子呀，别喊疼
你是一棵嫁接树，
下午，就是你出嫁时
咱又不是个人

我不就是棵嫁接树
我能嫁给谁
又能嫁哪去
憨闺女，自从你
身上飘新枝，头上飞艳衣
你就没见你爹那个老顽童
啥时候笑着语
魅蓝鬼火傍晚起
捆绑着身
一把就扔上了车
姐弟一晃过
尘土满地飞
看不见娘
看不见爹
遥遥望我的是那小弟弟
爹呀！娘呀
我这是往哪儿去
远行，咱不是人
也不知这是几天，又是几日
春天了，这山怎不着绿
遍地跑牛马
野狼撞我身
岩羊啃我皮
最可恨
山鹰啄我头，花鸟动我枝
天上飞着雪，凝冰冻寒躯

想起娘的话
闺女呀
这是你的命，谁都得认命
想我了，就趁着那风起
不管有多远，娘候你讯息
想起爹的话
远走了，再苦也别哭
哭死，谁给你抹泪水
谁会再疼你
最好早生子
望着南飞雁
捎上我外甥
爹还是你爹
娘还是你娘
爹娘岁岁月月
都在咱家里
告诉那孩子
门前有条河
屋后有条沟
我是你老家
俺二老
一辈子站在这土里
一步也不挪
高点的是外公
低点的是外婆
嫁接树，远走了

都道是草木无情树
怎知他，身上印泪痕
年年复年年
日日复日日
夜夜飘相思

路上

斜阳疏淡
温暖着霜的菊花
倒影，湖面上
点点清晰
微风乍起
飘摇着绽放
天黑了，还在路上
不知为何还在路上
走呀，走呀
鸡鸣着，醒了村庄
山，冷峻，内敛，深远
雪花飘落
温柔而稀薄
枫叶摇红
是谁题上诗句
洗磨天真
背影，由西而北，由短转长
路上，从春到夏，从秋到冬
是谁在说
闻所闻而来
见所见而去
别问，这是为了什么
春催梧桐，绿肥红瘦

殷殷雁叫，天地间
梦里庄周，墓园李贺
广陵曲散
狂放着嵇康
前度刘郎
流光浮沉一曲中
酒至大醺
诗仙笑看花半开
大化天成
拣尽寒枝不肯栖
雕刻着深情
是谁慈悲着茅屋
点点泪痕，竖琴卧怀
忆着华年，一弦一柱
行走中觉悟
明月盈缺
乔木繁花
风清景明
不须知淡味回甘
愈走愈远

戛然而止

乌云越聚越稠
雨水，上天遗弃的孩子
哗哗落下
戏未到高潮
戛然而止
孩子，别哀哀痛哭
不到高潮
黄世仁没能举起
抽打的鞭子
你仍是纯情的小喜儿
不是苦命的白毛女
今晚，你进的是一座庙宇
不是神秘佛性的西藏
庙宇也是寄存灵魂的地方
经轮毅然转动
不必求掌声
掌声再响也是落幕
锣鼓明夜又会响起
仍会星光灿烂
庙后，沉静的小河
谁能抽尽河水
看遍飘游的鱼虾
看不尽，更会有念想

因戛然而追忆
因终止而悲壮
孩子，吃下大娘端出的饺子
煮熟的饺子
无限光鲜
孩子，别哀哀痛哭
经历过，已是拥有
不必为掌声
苦难着，蚌一样结成珍珠
戏鞋底子不高，奔走时
才不会扭伤脚踝
看呀，你父举着的头绳
鲜红，鲜红
明晚，树梢上挂着欢快的月亮
明早，舞台上升起跳跃的太阳

英雄没有编外

天津大火，圣灵逝去，一位母亲哭着说：“我儿没有编制。”总理答：“英雄没有编外！”总理鞠躬后又说：“警钟震耳。”我等应知总理为民之切，我等应为英灵壮逝而痛！

妹子，别说儿子没有编制
他和战友在火中涅槃
他像所有孩子一样
带着你的血与肉降临人世
孩子，你是壮士
名册，不是人唯一的标示
别怪母亲将此提及
她爱你胜过爱她自己
一夜间，头发白了
无泪可滴
站在面前我的儿子
温情地看我
面对这么多年轻的圣灵
我痛恨我还写着
好像是诗的句子
不，不该这样
不能这样
你该用皮鞭抽打自己

包括灵魂、良知
把肉心扔进火中吧
连同这淡盐无味的诗句
孩子，我不敢找片净土
仰望星空
流星逝去
放逐自己
不敢求何枝可依
何地可栖
我是尚有一点良心的人父
面对眼光痴呆的母亲
我还写着像模像样的文字
不管有多少温热的话语相劝
母亲不会说
忘掉他，就像春天里的一朵花
忘掉他，就像秋日里的一个果
忘掉他，就像夏辉里的一处梦
忘掉他，就像冬阳里的一声钟
年华呀！这朋友可真好
它会使母亲渐渐变老
年华呀，这岁月可真坏
腰弯了的母亲
撑断竹竿的白发亲娘
思念
依然疯长着进入坟墓。

爆炸声声——

为圣灵，为母亲

警钟震耳，工作不已

阳光下，

晒不干英雄

仅存的最后的血迹

泪洒之后

我真不知该不该

写下这不该有的诗句

古体三首

我已八十岁了，一生不求闻达，从不曲意逢迎。今天见许昌河清湖晏，亭台楼榭，漫步河堤，绿树拽衣，想当家人，圆月照众，必会喜不自禁，我一老者，盘桓胜景，且喜且歌，不会玩微信，让孙女代发，老了，老了，得此胜境，聊发少年之狂！君莫笑我！

莲城颂

水绕绿堤月渐明，
莲花桥畔树树馨。
儿扶孙伴喜折柳，
无人不起故园情。

颍汝颂

两岸绿柳桂暗香，
一河清水映灯红。
自是古都千秋事，
堂前乡野颍汝颂。

中秋咏怀

三五中秋夜，
水上影同行。
玉兔当空舞，
天涯共此情。

海、人及蚂蚁

在这夜色深处
不管我怎么不停地张望
也没有一只洁白的海鸥翔飞

那被大海包围的海岛
也没有一只洁白的海鸥
在苍茫的海面上翻飞

在这渐渐暗淡的夜色深处
我不知道
是悲伤还是惋惜

我想起傍晚时分海滩上的蚂蚁
拱起黑色的脊背
我不知它是幸存
还是已被海浪吞噬

大海奔涌亘古
蚂蚁生生世世
折射着大时代
一个小人物的影子

被海浪包围着的我

思绪伏伏起起

在这夜色的深处
几声犬吠
在如织的人流中响起

诗思 温暖逝者

——读郎毛的诗《范守艾》

在一个，我不想
告诉任何人的地方
我匆匆赶在机场的路上
有个朋友告诉我
郎毛写了一首诗
写着苍凉、悲壮
我说，发我吧
关于逝者的诗，是谁
朋友说
是一个他初识的人
死在了岗位上
诗中说
瞬间，天空飘着黑烟
我老了，丢了欲念
只是一个月前
郎毛领着一个编辑
是女的，不是梨花带雨
气质如兰
闪着绚丽的光芒
吸满了清雅
清雅如许
她好像看了郎毛忧郁的眼神

我敢负责地说
没有对视
也许对视了
只是我老了
酒桌上，熟视无睹
她只是郎毛的同事
这样说
不是欲望弥张
欲望，早已冻僵
冻僵成漠北的桑椹
我只想
我那多才的嫂子
是他过去的、现在的
永远温暖他的太阳
我的联想不再飞翔
郎毛，年少时曾有飘逸的长发
飘逸成孤傲的诗句
如今，诗写逝者
必是应景之作
抑或是新潮的女
美的芬芳，绵绵
打开手机，读着信息
《范守艾》诗写
一个低调的才子
低调得很多人无视他的存在
死后，却千人相送

哀哀啜泣
他死在了岗位上
五十有三
生者，回溯如河
现在，他已在原野横躺
我是在北国
突然飘雪，雪飘天空
我没有厚厚的毛皮
脸上透着寒凉
机门关闭
没有关住忆想
好似我与范守艾有过一面之缘
大雪飘絮
没有羊一样的毛皮
冷了，哆嗦
震颤，牙齿作响
飞机昂昂，我在天上
你在地上，逝者入土
地下，不会长着太阳
逝者入诗
必是英雄或锦瑟无端
偷忆华年，五十弦
郎毛写：初识
就再也不能与之共舞
我也刚写了一首诗
诗中说，蜜蜂难与花共舞

在冬季的北方
谁活着
不是平平常常
日日念叨两个
苦着自己的汉字：日子
人呀！活成汉字
汉字何生辉
日子呀，你只是
两个普通的汉字
却是人的一生时光
一颗颗又一颗颗
人的青春像泪一样流淌
可人家的青春为爱流淌
这流淌的青春
到底是为了什么
工作、拼搏、苦悲
人前谦和，慈祥
人后孤苦，伶仃
逝后入诗
生者念想，
虽不必炫耀
也再不会炫耀了
可它必定是你的荣光
会有一个季节
如约而至
春光如许，风筝飘飘

众人仰视，飘在天上
范守艾，你在地下
亮光不会透尽你的棺木
那就黑暗中默念我哥郎毛的诗
那是声泪俱下的悼词
我只与你一面之缘，短暂
有时短暂，却又很长
我对自己说
忘掉他
像忘掉一朵花
像春天里的一处梦
像梦里的一声钟
年华呀，这朋友可真好
它马上就让你变老
再不会激昂地青春年少
再不会，奔走地沐满阳光
可一面之缘也是缘
相聚时，起码快乐过
虽然，转眼即逝
诗心不死
我也为你写几个文字
不在远古，不沾晋风
不学稽康
老范呀，我不是老庄
我习惯把汉字在手机上结成文字
排成行，好像是诗

乘务员关切地呵斥
不敢扰乱飞行的程序
用笔，写你
写郎毛以及郎毛关于你的诗
村上春树
一个令东亚乃至世界熟稔的名字
我手中有他一本厚厚的书
我没读他写了什么
只看了书名是《村上春树猫》
书的包皮
很美、很美
三只小猫，瞪着我
我写诗弄污它们的脸
瞪着我的老花眼
书包皮的背面
没有文字
很白，很白
我渴求一个同乘的人换位
坐在靠窗的位置
雪白的书包皮内面
写上关于郎毛，范守艾
以及关于范守艾的诗
写着，写着
一路之上
写着，写着
天边挂着残阳

残阳流光
伤在心上
哀在心上
写着写着
你也飘飘地如在天上

蝶梦

冬日朝霞，升起已是很晚
夏日，急慌慌
灿烂热烈
晨光中的露珠
呵护着仍是易逝
闪亮过，短暂而弥真
浸润过的枝芽
缓缓甦醒

太阳女神孑然一身
孤独西行，布舍着
光热催熟田野的庄稼、蔬菜
你承继父亲的土地
血痕磨出老茧
丝丝缕缕凝成坚硬
牛羊、河流、树桩
也锁住了脚步
收获庄稼也自掘着坟墓

是有一个虫卵，裹在树桩
啃咬着，乞求穿过空洞
破茧而出，生命绚丽
沐风飞扬

沧溟之水，风助大鹏
翅膀扶摇，一簸而干
心中穴居猛虎
穴外，蔷薇丛生
猛虎主导心志，越走越远
乳虎啸谷，且行且歌

途中狮子的孤独，雪狼的忧伤
松鼠的顾虑，猿猴的自在
温柔美丽折服不住脚步
心坚如石，穿过纷繁，穿过悠然
庄周化蝶，喧嚣中步入逍遥
蝶梦庄周，惬意何存
意托杜鹃，望帝春心
晨雾缓起，袅袅炊烟

黄色树林，花儿招摇着舒展
田地、棚舍、牧场
绝不带着上路
走吧，无所羁绊
告别农具，牲畜，谷仓

冬后的麻雀，银铃般悦耳
初春，最后一片雪花飘落
泽鹰寻觅猎物

低低盘旋草地之上
积雪滑落的声音，充盈着
春草，烈火般山头燃遍
绿丝带，延伸着夏天
树林，昂扬着胸脯水流漫溢
枯木绽放新叶
明亮，翠绿，挺拔
一一重现

乌龟，青蛙，春的先行者
嬉戏着露出水面
崖燕呢喃啁啾，拍打翅膀
虫卵，啃食禁锢
蛰伏了数年
爬出去，活成自我
生命纯真地萌动

沙画即使转瞬即逝
也要演绎出美丽
苦难着，也要浩荡地绽放
蝶梦过，本真地飞翔，飞翔
冬日，雪堆弓起脊背
身下冰窟，不曾塌陷
飞翔着，有梦不觉人生寒

蜣螂

来到这个世上
一生为了推动一个圆球
人类恶心的圆球
一个圆球
是我的一切
我厌恶自己
我要活呀
我承受任何厌恶
我要活呀
推动圆球从春初到秋至
从高坡到溪地
我想到过了却
你的厌恶
自我鄙视
白雪下的穴居
怎么会有衰草当衣
昂昂然又一个野草春露
野草春露
夏日　我会晒干　死去
树枝高悬　用力
仰望的是蜜蜂的香甜
鸣叫的是黄鹂
蟋蟀　穴居一冬

鸣叫　不是为了诗句
只是心中的琴
拉响着不能自已
不为歌声
歌声夏鸣秋逝

伐倒的树　腐朽成树桩
旁边　生出鲜活的枝条
醒来　白色池塘
泛着涟漪
树上结满哲学的叶子
哲学是唯一的真实
芳香不是道路
形同虚设
花儿漂泊成泥土
湖水亘古千日
既是亘古　又是终极
一朵花　是一座墓园
墓园　鬼神也有期待
乞求稻谷
圆球　是我的餐桌
越推越远
你不懂的太阳
圆球转动
感知温暖
多想领悟蚂蚁

世界落下又升起
多想领悟蟋蟀
因欲而为
因欲而止
早晨走近了
树叶凋零
不再歌唱
秋风吹透蝉衣

蜣螂，修炼万年
难成天鹅
头顶盘旋
泥土上爬行
圆球滚动
即使你踩碎
轻轻地，毫不经意
踩碎吧
只要你不是经意
死而复生
毅然推动餐桌
旋转成太阳
蜣螂的太阳，你不懂
本是蜣螂
又何须人懂
鱼的快乐、辛酸、冷暖
鸟不知

恶臭着，也是蜣螂的太阳
水滴在皮肤上流淌
身上结着青苔
脚趾踩不碎花朵
地上不会拖着红色
苍鹰鸣叫，不是牧歌
树影轻移，谁是风神
蹬紧潮湿而光滑的地皮
滚动太阳

草原等我

车，月下，闪过
池塘，沟谷，噤口的村庄
一个又一个的村庄
透着亮
亦不能驻足
它不是你的也不是我的家乡
异域，天上无雨
墙上，描画作态菊花的影
独处，思念经不起风
夜里，越吹越冷
站台，突然黯淡
轨道长长，蜿蜒过往的残片
草原，马驮着重
奔着苍茫
原的远边，隐隐约约太阳的光

北方，降温了
下雪了，姑娘家家的
烟波浩渺中立着
冷库似的天地，谁为你披上外衣
曾经的昨日及昨日
也是雪飘的季节
风折断枝杈

情义的树干
青墨地作诗作画

累了的梦中
你披上的该不会是婚纱
盘根错节的树
是不是说开就开
荔枝熟了，辞枝自落
奔马，披头散发
那个森林里走出的人呀
等我，等我，等我

抛弃

带上所能带上的一切
抚摸着熟悉的墙壁
深情款款
多想不离不弃
所有的，都是乡愁

忆念，如影子
天上，只要有太阳、月亮
相随着，温柔之手
挥舞，浪花般的涌动
迷蒙的泪眼，泪珠儿抛下
也不是尘埃落定
背着一切，你能走多远！

你毕竟是个斗牛士
野牛眼充血丝
赤裸裸，狂奔
无畏的勇士，不理会
喝彩抑或厌弃

它知道，会有一支标枪
残酷地，送它离世
看呀，狂奔的四蹄

撼天动地
野牛，遇上你
是我的悲哀，也是我的荣耀

我有一个大写的标记
叫作人
人，也是生灵
你，也是生灵
斗牛场的表演
不是为自己
来吧，你那如剑的双角
我舞着的，是挑逗的红绸
你我倒下的那一刻
会是悲壮的日子

别理会看台上的观感
不存一丝杂念
你是神，人是魔
神魔，心魔，争斗
如潮的掌声
不必明了它的含义
厮杀着已成过往
过往即是从前

你吻着我的红绸
我亲着你的双耳

凝视，定格，血染草地
来吧，会有另一个斗牛场
一处新的剧情

忘掉它吧，躺下
就意味着抛弃，抛弃
呵呵大笑
把那该有的不该有的
抛弃，抛弃
一丝都不残留
牛呀，我心中的神
别用那样的眼神
看我，回答我
别说沧桑，如有爬起的一天
天地间毅然抖动你的四蹄

河流、石山、静谧的黄土地

河流，我在无数的黎明看你
一条蓝色而宽阔的河流
绿化树即将要簇拥着你
不说波浪和喧哗
我和乡亲们都在你的身边
比灿烂更优雅
比优雅更抒情
我深爱的河流呀
你还能否是我挚爱的绿洲

古旧的石桥，河面的渔船
都因你而熠熠生辉
我仔细地看铺展的水路
在茸茸的水草中凝思
水草呀，你是否也看着我
传递我刹那的喜悦
雾霾笼罩
阳光没有欢快的跳跃
满滩的绿树
还会在河流的旁边
无限伸展么

石山在雪里慢慢坚硬

崖上悬起万丈冰凌
多情的野兔从草丛跳起
多想给静寂的大山
闪出一点生机
残存的野果
弥漫着潮湿和腥甜
这是否该是野兔奔跑的日子
猎人扣动了扳机，鲜血
白色大地上一片殷红
猎枪不是摇曳的橄榄枝
你倒在冬日的雪里

猎人振振有词，血会风干
你的故事在大地上也很煽情
终有一天，他的猎枪会微微颤抖
野兔呀！抖落你的毛发吧
拥抱你痴迷的大山吧
你怀着的胎儿也死了
不会有人为猎枪放肆地抒情
那个潜伏的后代已悄悄溜掉
虽艰难度日，春天会是你
也一定会是他的荣光！

静谧的黄土地
这是真正的冬天
树枝啪啪作响，草根断裂

在这暗夜，你无法逼视月光
你踩着十三岁卖盆的土路
你听到原野大片大片的脱落
你寻找给你一块馍的大婶
你明知她已作古，她已作古了啊
可你收不住你的脚步
这是你以子民身份的最后寻找
在这古老的村庄，今夜
没有一只鸟飞过天空陪你

加快你的脚步，走过冬天
麦苗待来年会簇拥你想往的土地
只是你太留恋这河、这山、这地
那就让它们悄悄地收留你吧
黄色的土地被寒风冰冻
既然不能收留你
那就转身而去
一切坚固的东西都会毁灭
唯有翻飞的思想永存，生生世世

评　论

劲健与悲慨：郭栋超长诗的审美特质和魅力

李　犁

郭栋超的诗歌热烈又扎实，像烧红的铁在铁锤下锻打，并在水中冷却和凝聚，挤出所有的杂质和泡沫，让思想坚硬，让语言尖锐。这说明郭栋超是一个有胸襟和情怀的诗人，也是这个时代少有的冷静和自省的诗人，同时也是一个对诗歌忠诚痴迷并不断淘洗打磨的诗歌赤子。所以，他的诗歌有气血贯穿其中，随着气与血的贲张、鼓荡，诗歌也有了气势和气脉。尤其是系列长诗“三原”（《高原》《草原》《平原》）和“三行”（《壮士行》《悲歌行》《丽人行》）犹如大河从天而降，它们是长歌也是悲歌和挽歌，是热血也是热泪，更是一颗大爱与大痛的悲悯之心在抚摸苦难而又苍茫的大地。这让他的诗歌有了博大而寥廓的意境，也灸刺着我们麻木的精神，使之复苏并清醒，更是对当下琐屑冷漠自私的诗坛的一个冲击，并拓宽着诗歌写作的疆域。

纵观当下诗歌写作，多是一些对智力的挑战，其结果是技术超群但内容肤浅。这是诗歌中“志”的消失和退场，志，代表了诗人的理想和胸怀，对现实的关怀和爱。有志，诗歌才有道有魂，有温度和气度。虽然有些诗人意识到了这一点，并有意加重了诗歌中志的成分，但由于才智不够，诗歌失去了诗歌本身的魅力，成了图解概念和思想的符号，变成了假大空。郭栋超的诗歌兼顾了志与智，并使之有机融合，让诗歌既有思想的力度，又有文本的深刻美，让我们在诗意的感召下，重温热泪抚摸良知，并感受到诗人的灵魂和诗歌本身的雄健与柔软、凛冽与温暖。这就是诗歌的意境，是孤独的英雄主义和温润的人道主义在闪光。需要强调的是，即便是郭栋超这种大志与大智结合的作品，诗的特质也是首位。因为你写的是诗，是诗就要有韵味、意味、情味和诗歌本体所散发出来的文体美，和"言有尽而意无穷"的大况味。所有的情思都要也必须在这种诗的质素中展开。否则理想再远大，思想再深刻，没有了诗味就不是诗，而成为了其他文体。那么什么是诗味呢？明代朱承爵《存余堂诗话》说："作诗之妙，全在意境融彻，出音声之外，乃得真味。"这就是说，主观的意与客观的境不但要通明透彻的融合，而且那种让你真正深陷其中的味道是在音声之外，即使声音消失了，你还不能自拔。这就是象里象外欲说又休，可意会不可言传的艺术意味。也就是宋代的范温所说的韵味，韵味犹如连绵不绝的美妙钟声，或通称为音乐之声："概尝闻之撞钟，大音已去，始音复来，悠扬婉转，声外之音，其是之谓矣。"

这种韵味以及所有的诗味映射在郭栋超的诗歌里，就变成了情感的抑扬顿挫，意韵的错落有致又层层相叠。这就是诗歌与叙事文体的区别，它不像小说那样与故事和情节肉搏和厮杀，而是通过巧妙的传切和突然的从庸常中向上一跃，让你的心灵为之一颤。所以郭栋超通过旋律构成旋涡，而且旋涡套着旋涡，再一起构成一个大旋涡，让读者慢慢地沉进去，被濡染被淹没。譬如他在“三行”长诗里，急促激烈如疾风暴雨的倾述中，总是出现四言、五言、七言的整齐句子，既有抒情性，又有意境。顺手拿《壮士行》中一段示范：“草绿云际外　山色有却无/风静月纯清　树动极天目/横绝石墙阔　阻我马蹄疾/烈烈征讨旗　殷血浸战衣/朔风动大帐　溪边篝火燃/猎犬噪声急　雪夜雄鹰起/盘旋复盘旋　独越祁连山/虏侵汉家地　撒骨黄河边/归来望征人　能有几人回？/去时春芽露　归时百草枯/绵绵焉支山　始知征战苦。”

诗歌就是这样，它不在意事件的连贯性，而重情感的逻辑，这种逻辑就是情感织成的网，哪怕你是铁石心肠，也会被它罩住，并磨出泪水来。最后四句是对战争和壮士出征的概括，也是对情感和心灵感受的总结，说明战争对人性的伤害和震撼。从这个角度来说，不论是《壮士行》，还是《悲歌行》《丽人行》，都是悲歌，不论其中多么磅礴和壮烈，其内核都是一个大殇歌，是中华民族历史上心口上永不愈合的大殇，也是人类发展必须经历的殇场。《壮士行》是战争之殇，《悲歌行》是政治之殇，《丽人行》是命运之殇。这几种殇又纠缠到一起，互相渗透互相影响和作用着，让个人的命运轻如鸿毛，甚至连鸿毛都不如。但是个体的生命在这样巨大的历史背景和节点上，显现出的忠诚、勇气、坚定、果断，还有无所畏惧和视死如归，以及大情大义、大慈大悲，成就了个人品格的完善和升华，让茫然冷漠的历史有了红润和暖流，有了燃烧点和制高点。这就是郭栋超诗歌撼动人心之处，也是感动他促使他写作的驱动力和缘由。

郭栋超的系列长诗是当下罕见的大胸怀大视野的作品。但“大”从何来？这又涉及文艺心理学的问题。古人云：“相由心生。”诗歌中的相就是诗歌的表面之相，或者说诗歌所表现的所有品格，都是诗人的外相，是诗人心灵的外化。由此往回推演，郭栋超诗歌所表现出来的大壮烈、大气魄、大悲悯、大孤独就是作者自己灵魂的写照。他的大江山的雄心，为理想敢于断腕的决心，士可杀不可辱的洁心，对美和理想只远观不亵玩的敬畏之心，还有面对美丽被摧残、爱不能照应呼唤时的无奈又疼痛的温软之心，这一切，都构成了他灵魂的核心。辐射在诗歌上，就是大江东去般的豪迈和叹息，就是会移动的高山峻岭般的坚定和不屈。这也证明，郭栋超是这个喧闹而危机四伏时代的孤胆英雄，在不需要思想的时代里他在思考，在平庸和混世成王的时间里他高擎着理想，并呼啸前行。这让他的长诗似长卷的书法，而且是小楷，一笔一画中可见他咬着唇用力的情形。那如骤雨般密密麻麻地向前蠕动和蜿蜒的，是他的激情和永不停休的沉思和诘问：“老父呀！儿谨记/生　不能辱门风/死　只要仰大义/一生一死　乃知炎凉/一贫一富　始见交态/一贵一贱　人性方现/儿呀！不能忘家乡河水中母亲的船/头上要顶起先父的山（《壮士行》）。”再看《悲歌行》

中："雪埋离恨，斜阳流光/桦林断肠处/两朝亡国人/词动江河，画连山峦/无才复神州/一个是：点愁似流水，鸩亡黄河边/一个是：乱马踏身死，皇陵无枯骨。"还有："武将鼠胆，文官贼目/休道商女不知亡国恨/谁懂歌者凄凄拂琴弦/悲秋苦击筑。"而《丽人行》题记——只需看一下题记，就有万般情思如雷霆炸响在心中："你见过几个君王的宝剑能气贯长虹？你看过几个男人，敢在黑夜迎接雷劈！昭君出塞，公主西行，文姬归汉，瘦弱的双肩，挑着民族的江山。谁人能托起她单薄的羽衣？谁人又能把今世的葡萄为她捧起？关山虽是多情，谁为她春心泣血，珠泪涟涟？"

诗歌与人的心灵最近，也最容易泄露人的内心和真相，这些文字所暴露或者说塑造的就是一个在黄河边徘徊，雨水和泪水都在脸上流淌（假如没流泪，那是心在流血）的思想者和诗人的形象。他吸进浊气、吐出骨气，他就是诗中的李广、张骞、司马迁；是岳飞、文天祥、李清照；是昭君出塞、公主西行、文姬归汉中敢于在黑夜迎接雷劈，愿意用双肩挑着江山的写诗的郭栋超。这是一个有肝胆的诗人，他的诗当然也就有了心肠，有了侠义之精神、悲悯之情怀。这样的诗人写出的作品，才能大起大落、大开大阖，才能在《高原》上找到神性和召唤，在《草原》中找到自由，从民族大迁徙的《平原》里找到生活和人的命运以及生存之根。

如果用诗品来形容这些长诗，就是：劲健和悲慨。这是司空图《二十四诗品》中的两个诗格。前者强调强健有力的人格，宏伟雄劲的诗风。这力量来源于作者内心的强大和自信，是充沛的真气和正气。具备了这种品格，作品就有了浩然之气，并“行神如空，行气如虹”。悲慨是诗人的情感形态，他含着悲愤去追问信仰和考问灵魂，通过不灭的幽灵和历史的残垣断壁，述说民族一路走来的坎坷与教训，让作者的情感和诗歌都呈现了“壮士拂剑，浩然弥哀。萧萧落叶，漏雨苍苔”的悲壮美及慷慨之响。从而让作者对理想更加坚定，胸怀更加旷达。也让自己和诗歌的境界都如皓月当空，明洁而高尚。

这就是我理解的郭栋超系列长诗的美学特质，这里简析了它们的审美品格。其他，诸如诗歌的结构和更多的社会学意义，将不在此一一缕析。

且行且笑，而史而歌

——郭栋超长诗“三行”简评

李　霞

诗人郭栋超，一年多未见，竟又写出了三首长诗，而且是咏史的三首长诗，难上加难的大制作，极限挑战的大制作，不能不叫人刮目相看。

郭栋超的三首长诗即“三行”：《丽人行》《悲歌行》《壮士行》，如大潮回流，撼天动地，唤醒历史，重塑时间，令人荡气回肠。

《丽人行》重抒了昭君出塞、公主西行、文姬归汉，三个女人悲怆凄婉的传奇故事；《壮士行》回望西汉，抒写了大漠征战、英雄辈出的泣血壮举；悲歌行》反刍大宋，感叹改朝换代政权兴亡的人间悲喜剧。

这些著名的历史故事，改编成的各种艺术作品早就名作无数，中国人几乎妇孺皆知耳熟能详，要写出新意尤其是写成新诗，无疑于唐·吉诃德手持长矛战风车。但郭栋超没有屈服退却，逆水行舟成就了他史诗般的梦想。

荒原，漠北，边远
苦寒之地的花，不是龙种
悲凉地露出嫩蕊
难在枝头招展
风的寒流，悍然躲过
在刚刚告别冬日的山面

独树稀疏，荒蛮中铺展
一朵一朵，开了
开了，一朵一朵
开了，就不怕皮鞭炸响，岩羊奔走
也许会有一天
被野马放肆地嚼碎
仅有半生绚丽
既然绚丽过半生
就不求一世辉煌

世事悲催
灵与肉半缩半出，半放半废
趁着仍是春天，柔光冉冉
酷暑未到，仍驻枝头
怅望着，独自感动，感动自我
感动浑似血液的山水
山缝间涌动
汩汩

这是《悲歌行》里“兵出漠北”看到的景象。荒蛮因为战争倍添悲凉，然而春天花朵该绽放时谁也挡不住，“一朵一朵，开了/开了，一朵一朵”，这种特写镜头式的白描，把远征将士紧张单调疲惫而又充满期盼的心情刻画得入木三分。战争已无法避免，流血已无法避免，死亡随时出现，“怅望着，独自感动，感动自我/感动浑似血液的山水/山缝间涌动/汩汩”，正是这些无处不在的死亡气息，成就了壮士的英魂。这是边塞诗的现代版，更是壮士歌的今天曲。

雪埋离恨，斜阳流光
桦林断肠处
两朝亡国人
词动江河，画连山峦
无才复神州
一个是：点愁似流水，鸩亡黄河边
一个是：乱马踏身死，皇陵无枯骨

——《悲歌行》

咏史诗，无法避开史实。如何处理史事，如何既能进又能出，是对诗人知识的考验，更是对诗人情怀和掌控能力的煎熬。面对北宋灭亡中华民族心灵里无法弥补的伤痛，“靖康之难”或“靖康之耻”，是中国历史上的一次著名事件，发生于北宋皇帝宋钦宗靖康年间（1126年—1127年）。靖康二年四月金军攻破东京（今河南开封），除了烧杀抢掠之外，还俘虏了宋徽宗、宋钦宗父子，以及大量赵氏皇族、后宫妃嫔与贵卿朝臣等，共三千余人北上金国，东京城中公私积蓄为之一空。北宋的灭亡，深深刺痛了汉人的内心，南宋大将岳飞在《满江红》中写道：“靖康耻，犹未雪，臣子恨，何时灭!”郭栋超在《悲歌行》里，以词加曲的体式，半文半白的语式，仅仅7行，亦歌亦怨，亦讽亦嘲，亦庄亦谐，就把一个民族的千年心病，表述得既悲切又哀怨，既惋惜又无奈，血泪中深含无尽的省思。

名将，黄泉下，空悲切
再难以壮志饥餐胡虏肉
笑谈渴饮匈奴血
悲！悲！悲！
切！切！切！
脉脉此情向谁诉

这是《悲歌行》里写抗金英雄岳飞的一段，二三句基本是借用岳飞《满江红》里的句子，一四句是岳飞《满江红》里的句子化生出来的，尤其是四五句，把“空悲切”之“悲切”两字分开分行并加六个感叹号，让悲切悲到了极点极限，是创造性的化用。最后一句是辛弃疾《摸鱼儿》里的原句，用在此也恰到好处，不仅讴歌了英雄的悲壮，还深深地同情着英雄的落寞，呼喊着人性良知的觉醒。

细雨黄昏，点点滴滴
雁过风急
落木枯叶堆积
即使山色空蒙
几盏淡酒，对天邀月
与谁话凄凉

这是《悲歌行》里写女词人李清照的一段，第一句是从李清照《声声慢》里最后一句“梧桐更兼细雨，到黄昏，点点滴滴。这次第，怎一个愁字了得”里借用的。第二句是从李清照《声声慢》里“怎敌他、晚来风急？雁过也”化用来的。第三句是从李清照《声声慢》里“满地黄花堆积”化用的。第四句则从苏轼《饮湖上初晴后雨》里“水光潋艳晴方好,山色空蒙雨亦奇”借用。第五句从李清照《声声慢》里“三杯两盏淡酒”化用。最后一句从苏轼《江城子》里“千里孤坟，无处话凄凉”借用。郭栋超在咏史诗中借用、化用古代诗词句子的情况较多，这样营造的古代意境，真切原始，让人如临其景，流连忘返。

需提醒的是，诗人写作在尽性挥洒时要不忘节制凝练，在任意东西古今时要不忘提炼升华；在深入时不忘走出，不仅要走出自己，还要走出他人，走出历史，走出唐诗宋词，走成自个，成就自个。

郭栋超是位激情燃烧的诗人，从乡村到城市，从基层到机关，从学生到官员，从儿子到父亲，从丈夫到诗人，从乡土诗到乡愁诗，从爱情诗到抒情诗，从浪漫诗到咏史诗，从“三原”到“三行”，从回望家园到回望家国，从回望自我到回望历史，他企图从过去、原来、原始，重新打量自己和一切，在打量的过程中，他随歌而歌，随哭而哭，随笑而笑，他沉醉，他叹息，他痛苦，他无奈，他省思，他缠绵，他无眠，他兴奋，他且逍，他且遥，他而诗，他而歌，他也叫我们沉醉，更叫我们期待。

2016年4月于郑州

古典诗意的回归

郑海军

郭栋超先生长诗《悲歌行》在中诗网一经登出，短短一个月内点击量近二十万次，打破了中诗网的多项纪录。这首诗为什么会这么炙手可热呢？许多网友反映，很久没有读到这么接地气的诗了。诗中文白夹杂，将古典诗意和新诗技巧融会贯通，自成一格。既传统又新颖，既古朴又洒脱。语言绵密雄厚，意境悲中见喜，借古人情怀，抒自身抱负。由此可见不论社会如何发展，传统文化的根脉还是深植在每个国人的内心，这是一种文化基因的传承与延续。一如历经干旱的植物，只要环境有所恢复，就能起死回生，繁荣发展。

郭栋超先生素以长诗见长，在去年出版的诗集《高原·草原·平原》中，他以三首长诗的力度，印证了他的诗歌才华，展示了他多年阅读和思考的成绩。他的诗语言雄壮优美，意象辽阔深远，主题充满了历史的厚度与哲学的韵味，有着史诗般的庄严感和美学思想上的深度。他的写作是有计划有准备地进行着。除了《高原·草原·平原》之外，他刚刚又完成了《悲歌行》《丽人行》《壮士行》三首长诗的创作。当下诗歌的古典意境的回归与这三首长诗的产生是否有一定的内在必然性与巧合呢？我认为这三首诗是顺应了目前国学方兴的大好局面而产生的。犹如春风过境、万物生长一样。

诗人于坚认为：诗植根于语言的历史中。一首诗的“好”也是超越语言的，用汉语、英语或者瑞典语都可以写出好诗。好诗是一种对精神层面的深度抵达，所用的语言方式仅是外在的工具。而郭栋超先生的《悲歌行》《丽人行》《壮士行》（以下简称“三行”）就是新诗发展至今，在传统文化复兴的大前提下，一个具有试验性、先锋性的诗歌文本。而这种文本也绝非孤立的断章，早在郑愁予的名篇《错误》中已有显露，在新诗的语言下包含着古典的意境。随后在纪弦和洛夫的一些诗作中，也有文白杂夹的诗句。也许是台湾对传统文化的传承文脉未断，反映在诗歌上就是古典与先锋的有机融合，这种时光上的落差也造成了诗意上的奇异张力与虫洞效应。所以说好诗是进入时间的诗，进入过去，也进入未来。而“三行”在某种意义上来说是这种诗歌样式的代表之作。诗人娴熟地穿越于古典与现代之间，一会五言、七言，一会儿转入当代性叙述，而古典诗句的运用与写作的题材密不可分，是诗歌整体有机的一部分。

《悲歌行》中，诗人从宋徽宗时代开始写起，这是大宋由盛而衰的转折点。该诗开始像一幅徐徐展开的清明上河图，将那时大宋朝国富民安，昌盛一时的情景以四言古韵描绘而出。随着上层的穷奢极侈，荒淫无度，诗人以史笔写出：“怎听见，城外马声碎；怎知它，遍地起狼烟。”于是一败再败，以致兵败漠北，草迷归路。写到此处，诗人不由感叹：“既然为端王，何必为君圣。既已为君圣，何须似端王。”有一种国破山河在的哀叹，可谓“望断天涯路，无处可倚栏”。二帝被俘，应该是当时的国耻，岳飞曾写出：“靖康耻，犹未雪；臣子恨，何时灭？”而诗中也有“雪埋离恨，斜阳流光，桦林断肠处”这样的妙句。诗至此急转而下，用“雾锁秦淮”和“弓满弦惊”两句来概括南宋偏安一隅的醉生梦死与胆战心惊是最恰当不过了。一方面主和派在“软软吴语，商女歌凝咽，桐花开处。武将鼠胆，文官贼目。休道不知亡国恨，谁懂歌者拂琴凄凉弦，悲秋苦击筑”中得乐且乐。另一方面主战派却在“遥岑远目，献愁供恨。阑干拍遍，山河破碎，不敢求田问舍。匹马登汴梁，醉里挑灯看剑。稼轩昂昂，遭贬迁，断鸿声里，凝望长安，弓满弦惊，多想刹那间，刺破夜的黑暗”里苦苦支撑。随着中兴四将的凋落，南宋气数将尽，诗人借用陆游的“家祭相告”与李清照的“绿肥红瘦”来昭示南宋这种风雨飘摇与穷途末路的感觉。当热血青年被腐败政府的冷水泼醒，诗人们只能“几盏淡酒，对天邀月，与谁话凄凉”时，这个暮气沉沉的国家就已经快走到了尽头。于是只剩下一首悲凉的“伶仃绝唱”徘徊天地之间。文天祥应该是南宋人最后的一根骨头，让不忍卒读的南宋史闪出了一丝亮色，这也许是最后的抵抗，诗人写道：“鸟无山寂，夜长风淅，鼓衰力尽，箭如注，将军没。中原征士血满窟，魂魄聚，结伍向敌山崩裂，五坡岭上震弦月。”南宋的偏安从最初就已经埋下了失败的种子，不思国仇家恨，一味苟且求和，伤尽了天下汉人的心。诗人不由叹道："仓皇辞庙日，一路悲歌行。"点出了这首诗的主旨是在于悲，悲其不幸，伤其不争。诗人在最后一段"义透烟云"中反思历史，体味世代更替，往事如烟，并用真情歌颂中华大地的秀丽山川；最后用一段"穿越时空，响着驼铃。丝路花语，且歌且行"来结束全诗，暗示了目前一带一路经济战略思想所具有的特殊意义。

《丽人行》是以历史上三个和番女子的命运为主线，抒写家国情怀，追古人之幽思，叹世事之沧桑。"昭君出塞"以汉元帝时王昭君与匈奴呼韩邪单于和亲的故事为主线，演绎成一行行动人的诗篇。诗人一开始就抓住王昭君即将出塞，回家别母的场景。"江面的小船，穿梭编织成淡淡的乡愁""凝视，门前屋后的一切。悄悄地装帧成画，珍藏"。这次远行，告别即是永别。为了两国福祉，牺牲了自己。古人曾用一个怨字来概括昭君的一生。她的功劳在于开创了汉匈之间五十年无战事的和平局面。当然诗人也对君王的昏庸与无情进行了讽刺。在史实上，昭君在呼韩邪单于死后，曾写了一封《报成帝书》要求回到中原，书中有"有父有弟，唯陛下幸少怜之"之句。而成帝却拒绝了她的请求，敕令昭君遵从匈奴习俗，又嫁呼韩邪单于的长子。以一代绝色而辗转胡地十几年，忍辱含恨，抑郁而终。"公主西行"是以大唐的文成公主和亲吐蕃王松赞干布的史实为依据，赞颂文成公主知书达礼，不避艰险，远嫁吐蕃。诗人从公主出嫁时的浩大场面切入主题，沿着公主出嫁时的路线描写异域风情，一直到“团团松枝，掩映山寨。布达拉宫，依稀可见”。这时诗人感叹道：“远嫁他乡的公主呀，你是西行的魂，你是众生的神，蚕食桑叶，殷殷吐丝。吐蕃大唐，安康生息。”诗意至此抵达高潮部分。文成公主为促进唐蕃之间的经济文化交流，加强汉藏两族友好合作关系，作出了历史性贡献。“文姬归汉”叙述蔡文姬被匈奴兵掳去，嫁给匈奴左贤王。在匈奴十二年，思家不能归。诗中用四言句写道：“孤雁南归，哀声嘤嘤。羌笛夜怨，曲助归意。草长莺飞，琵琶留恨。汉宫春色，悲愤传诗。”幸而曹操一统北方之后，忽然想起昔日老师蔡邕的这个独生女儿，用黄金千两，白璧一双，把她赎了回来。诗人用纤细之笔将文姬将归时的复杂心理进行了描写：“琴声越过帐篷，追忆过去，期许未来。吹碎人心，吹皱河水，吹得草长莺飞。马头琴的苍凉，戳着魂灵，直抵心扉。”最后诗人以时人问古的角度对以上三位丽人的坎坷命运再三咏叹：“你知道你不会遇到悲壮的丽人，可你仍在雪夜里寻找失散的马匹。如有一天相遇，那就对视良久，不离不弃。”封建社会女子没有掌控个人命运的权利，天生的美貌往往成为交易的筹码。先贤曾说，所谓悲剧，往往是把美丽的事物毁灭给人看。而三个美丽女子曲折动人的故事更是令人触目惊心，悲叹良久。

《壮士行》则是以飞将军李广一家三代的遭遇为蓝本，叙述战争的残酷、命运的崎岖和世事的炎凉。汉代李广是一个悲剧性人物，他在军事上很有才华，可惜至老未能封侯，儿子李敢为此替父申冤，在卫青面前争辩并将其打伤，于是得罪了外戚，在狩猎时被霍去病用暗箭射杀。其孙李陵率五千步兵与八万匈奴战于浚稽山，最后因寡不敌众兵败投降。由于之后汉武帝误信李陵替匈奴练兵的讹传，夷灭李陵三族，致使其彻底与汉朝断绝关系，李陵的一生充满国恨家仇的矛盾。李家三代可谓都是壮士，保国卫家，出生入死，最后落得如此下场。故而《壮士行》一开始即从阴山脚下的漠北边关进入叙述。诗中对战争场面的描写触目惊心：“擦亮你的铠甲，喂饱你的战马，挥动你的皮鞭，舞起你的大刀。”然后千军万马开始：“攻城，攻城，攻城。复仇的血沸腾着，大刀砍秃了赤松林，钻着箭雨，尸体堆成山陵。”真是一将功成万骨枯，古来征战几人回？在第三段《塞外孤魂》的描写中，将李广一生的主要事迹高度概括：“想当年,酒仍温而射三虎/驾长车劫杀强虏/飞将在，阴山难越/大青山，率壮士逐水而居。”将飞将军的精气神呈现无遗，一代名将，风度俨然，张扬而大气。接着描写激烈的战争场面：“战九日，退强敌英名长在/中数箭，血水流，不卸征衣/时不济，天不与，若之奈何？”然后诗笔借战争场面的过渡，从李广转到李陵，时空交错，爷孙的命运何其相似，结局却截然不同。“长风啸起，荒野嘶鸣/刀伤倒下飞将之孙/黎明醒来/迷蒙的清晨/满眼皆是蛮夷之人。”李陵被俘，名将之后的结局是悲壮的，也是让人扼腕叹息的。至此作者笔势一转，从司马迁落难写《史记》开始，侧面烘托李陵的离家去国之痛。站在风暴中心的人往往会被现实撕裂，灵魂被颠覆式洗礼，可是他们依然在默默地坚守："老父呀！儿谨记/生，不能辱门风/死，只要仰大义。"这种坚守使短暂的生命在历史的长河中具有了永恒的意义。最后作者用一段"沃野千里，草长莺飞"式的优美抒情掩盖了战马嘶鸣和箭镞齐飞，将沉寂的古战场笼罩在"若隐若现，繁花般灿烂"的阳光之下。生命在且歌且行中繁衍发展，那段历史也在且歌且行中渐行渐远。

不论新诗还是古体诗，只要是用汉语写作，其诗的内核就具有了汉文化的基因传承。虽然"五四"以后，新诗是喝着外国奶粉长大，但其基因是根植于母语，来自中国几千年文化的积淀。现在新诗出现的回流溯源现象，有人称之为新古典主义。就如大多数鱼类在成年以后，会从大海游回自己的出生地繁衍后代一样，这是一种生物本能式的复归，而文学史上这种文学理念与观念的轮回也屡见不鲜，古体诗和新诗中引用或借喻前人意象的比比皆是。没有前人意象和技巧的积累与示范，就不会有新诗的繁华与跨越。"三行"的出现，恰是在这种新古典主义思潮回归的临界点上。作者的聪明之处在于绝非因袭套用陈旧的技巧，而是有所创新，他对传统人物和传统文化是有所取舍、有所思考的评判。在思想上具有很新的现代意识，绝不是简单的古典意境的堆积。他能化古为今，在诗中体现很多鲜活的当代性和思辨性。在诗的音韵与节奏上能整合两种诗的格调，为其所用。三首诗如三条大河，时而幽涧叮咚，时而飞流直下，时而巨浪滔天，时而浩浩荡荡。诗人心胸有多宽广，其诗中境界也有多辽阔。诗中历史人物李广、李陵、司马迁、岳飞、文天祥、李清照、王昭君、文成公主、蔡文姬等等，都是肩负历史责任或是具有历史正义感的名人。而作者对这些历史人物的激赏，正反映了作者本人的心胸抱负和家国情怀。

“三行”以古诗写古人，借力甚多，而两种诗歌体例的糅合、掺杂，作者能够驾驭自如，本身就是一件不容易的事。新诗之新也在于不断地创新和怀旧，而这种创新本身充满了风险和变数。好在作者似乎找到了一条独立的言说方式，在诗艺美学方面达到了自律自足，为新诗的发展开创了一条可供参考的途径。从诗中可以看到诗人在写作过程中，激情四射，底气十足，语言的洪流挟裹着历史的往事，在情感的河流中惊涛拍岸，感人的画面定格在历史的不同瞬间。而诗人在写作中粗中有细，局部情感的细节刻画及对历史的反思深度，往往让人收益良多。可以说“三行”的出现是诗歌前行中的必然事件，随着时日久远将更显其独特的价值与意义。

宽阔的胸襟　悲悯的情怀

——读《海、人及蚂蚁》有感

王建根

就人类赖以生存的地球而言，海是有资格用这个“大”字的。那么陆地上的千万条江河就是大海久别的儿女，这些儿女都无视挡在面前的大山丘陵，千转百回也要奔向大海母亲的怀抱，去享受躺在母亲怀里的那一份亲昵。当天空阳光明媚的时候，大海给世间呈现出一张蔚蓝，和海鸥等海鸟们共同勾画出大海的宽广、浩渺和无垠。而当黑夜不愿退却和又一次来临的时候，大海即用无可比拟的咆哮去对付。每当这种时候，白天还平静得如少女般的大海倾其巨大无比的内在能量，咆哮着向岸边涌来。前面的浪潮衰减了，后浪立刻就涌了过来，推着前浪继续向前。一排排白花花的潮水簇拥着次第涌来，以雷霆万钧之威、万马奔腾之势，垒起千堆雪……此时此刻，大海以蓝天为幕，展示了自己波澜壮阔的辉煌篇章。

“在这夜色的深处，不管我怎么不停地张望，也没有一只洁白的海鸥翔飞”——《海、人及蚂蚁》的作者郭栋超没有在描写大海的恢宏上过多着墨，而是将比大海更大的“黑夜”拿来笼罩在大地之上。于是，“那被海包围的海岛上，也没有一只洁白的海鸥，在苍茫的海面上翻飞”。夜幕的笼罩，不仅仅是蔚蓝的海面上没有了洁白的海鸥翻飞，就连海滩上的小蚂蚁也让人担心。作者写道：“我想起傍晚时分海滩上的蚂蚁，拱起黑色的脊背，我不知道它是幸存还是被大海吞噬。”蚂蚁，这些看似微不足道的小生物，为何如此让作者牵肠挂肚？关注它的“幸存”还是被大海“吞噬”？关注小小蚂蚁的命运恰恰显示了作者的大悲悯大情怀。接下来作者进一步揭示道：“大海奔涌亘古，蚂蚁生生世世，折射着大时代一个小人物的影子。”是啊，胸襟宽阔的大海，以波澜壮阔而令人向往与激奋，自古以来就是如此。而蚂蚁以自己的微不足道而生生不息——不也丰富了生物界从而给人以诸多的启发吗？

由海的大和蚂蚁的小进而想到人类——这应该是作者想对读者表达的主旨之一。微与著、大与小都是相对的。大吕稀声，小铙锵咚；老牛哞哞，蟋蟀吱吱，各有自己表达情感的领域，各有施展才能的舞台，都在向外界宣示着不同生命体的存在与顽强。先秦时期的哲人李耳，在《老子》中写道：“夫物芸芸，各复归其根。”是啊，壮阔成就了伟大，精彩眷顾着小巧。这样，我们这个世界才有了精彩纷呈，我们的精神生活才会充满无限活力。

牲畜：不是家人的家人

（后记）

二十世纪，牲口比人重要。俺队有匹灰白色的瘸马，瘸着腿，和一头老牛搭伴儿，耕犁着俺队二百多亩土地，比人拉的犁犁得深。它生了四个小马驹，人们不知道它已经老得走不动了，一天傍晚，它一头栽在北寺沟里。

牲口院里，一大锅水沸腾着等它。它的儿子，一匹不丑的小马驹流着泪，那流泪的眼神，几十年后仍让我胆战心惊。屠夫找不到刀了，满牲口院找，此时，不知谁喊了一句："刀在马驹的身下！"屠夫是我北院的六叔，他抽刀时，小马驹踢了他一下。最终，那把刀剥开了老马的皮。

我家叔伯兄弟姐妹十二个，无劳力，分口粮少，饿！奶奶说："孙子们，老马拉了一辈子犁，它的肉你们再饿也不能吃，咱埋了！"奶奶做主，把分给俺家的马肉埋了。

这不是故事，是真的！我的老马呀，祖母用她出嫁时的红头巾蒙上了小马驹的眼睛。老马呀，你儿子含泪的眼睛，在我的心里亮堂了几十年！

老马死后，俺队长就是俺队爷，把长大的小马卖了，因为两个牲口才能拉犁，买了一头小驴，一头老牛。

小驴虽小，精神！白天拉犁，晚上拉磨磨豆腐。逢年过节，奶奶总是把俺家不多的口粮分给小驴一些，把它当作家庭一员，算是节日的盛宴。

有时也搞点副业，牵着它帮助拉不动的煤车翻过方山那个两里半的长坡，挣点钱，作为队里孩子们的学费。

我那精神、豁达、乐观而又凄苦的毛驴呀！后来，死了。

这也是真的，不是我编的故事。

那时，人虽穷，也爱养个狗。我家有一条黄狗，是东乡拉煤人的。因煤少等的天数太多，没食喂它，它饿倒在东地，我父亲把它抱回家喂活了它。它高傲而又壮硕，虽是外来的，却敢斗。群狗咬它，它不怕，遍体鳞伤，仍是昂昂然吼叫。黄狗呀，你是我年少时挥之不去的骄傲。后来，说是怕有狂犬病伤人，实际上是人们实在没有粮食喂养它们了，全公社掀起了杀狗运动。奶奶把它带到德生伯家，让它看了吊死大黑狗的过程。它一生唯一的悲鸣声响满院落。尔后，不知所终。去了哪里不知，黄狗，你去了哪里？

这也是真的，不是我编的故事。

如今，农民，城来乡往，创造着历史，大写的人呀！

古人的诗，或轻灵明快，或风雅雄健，或博大浑然，或峭拔逸宕，或精纯活泼，或落拓森严，或韵辙谨准，或高妙老成。我只是一农家后生，闲暇之余，捕捉些乡风村韵，谈着些年成的淡盈而已，犹如一面质差的圆镜，勉强照个人影罢了，写不出明莹精微的水晶般的诗句。不知哪朝哪代哪个大家诗云：事如春梦了无痕！逝去的时光，若不以笔墨记之，便无踪影，岂不辜负了高天厚土？我写的那是诗吗？不是！

五十多岁了，总爱回家，和童伴话说过往，袅袅乡思，越飘越远！

树下、月下，久远的时光，一个个辛劳一辈子的牲口，活过来了！它们是牲口，但又是家人。连童年的玩伴，有的也埋在了地下，坟头长满了荒草，想起他们，始有拙作《盛宴》。

盛宴，农民工的盛宴，盛世，民族的盛世！

已过天命之年，写一点分行的文字，那是诗吗？不是！用文字追忆往昔，不是撵时髦，也不追逐名利。妻儿及众人的劝说，都是善意，我知。但人总应该有点自己的爱好，生活着是幸福的，工作着是美丽的。我真的无意触犯爱我、亲我以及对我好并规劝我的人。老了，就让我顺从我年少时的本心吧！大海，亘古，蚂蚁，微不足道，可也留下了自己的印记。大时代，小人物，也该有自我的所想所思。虽不能煮沸颍、汝水，可我的父老乡亲，黄河岸上煮沸了几千个春秋！还有不是家人的家人，牲畜，灵性的动物，他们也是家庭中的一员，和我们一道耕耘着农田。有时我真想对天发问：

一匹衰败的瘦马奔至悬崖
抖动鬃毛
岸边的绿草

是挑逗或是招摇
孤独的歌者
伫立路边
那远逝的琴音
是凝固还是飘散
牧人的长鞭
抽打水面
那溅起的浪花
是瞬间还是久远
海上的白云
随风摇曳
那舞动的身姿
是雕塑还是残片
是不是一切坚固的东西都会毁灭
是不是一切虚无的东西才会永存

是为后记！

郭栋超